국제시장 똑순이

국제시장 똑순이

민안자 첫 수필집

정출판

국제시장 4공구 A동, '준광상회 민양', 일명 '똑순이'를 모르면 당시 그 바닥에서는 '간첩'이었습니다. 장사도 잘하지만 똑똑하고 예쁘다는 소리도 많이 들었지요. 어렸지만 어떻게 해서든 손님에게 이것저것 옷을 입어보게 만들고 결국은 사게 하는 재주가 있었습니다. 초등학교 4학년 때부터 시작된 "어서 오세요," "안녕히 가세요."는 27살까지 16년간이나 계속되었습니다. 손님이 지나가면 한 사람도 놓치지 않으려는 듯이 끌어들이곤 했습니다. 지금은 정찰 가격으로 판매를 하지만 그 시절에는 적당히 금액을 올려 불러놓고 손님과 밀고 당기기를 잘해야 우수판매원이 될 수 있었습니다. 똑순이로 살았던 그 시절의 용기와 인내, 부지런함이 어디서 솟아났는지 지금 생각해도 알 수 없는 일입니다.

한편으로는 주위사람들에게 눈총도 받았습니다. 시기와 질투도 많았습니다. 힘들어 하는 가족이나 친척들을 못본 체하며 내 앞길만 바라보고 억척같이 살다보니 가족들로부터도 모질고 독하다는 말을 들어야 했습니다. 그것은 험하고 각박한 시장바닥에서 살아남기 위한 발버둥이었고 스스로 터득한 삶의 방식이었지만, 나를 이해해주고 다독거려 주는 사람은 별로 없었습니다.

지금은 까마득하게 느껴지는 옛날 일이지요. 세월이 흐를수록 그 당시 가난하여 힘들었을 가족들에게 좀더 나누고 베풀지 못한 것이 못내 아쉽고 후회스럽지만 되돌릴 수 없는 일이 되었습니다. 다만 그 시절의 아픔과 슬픔을 풀어내기 위해 시작한 글쓰기가 이제 한 권의 책으로 묶여지게 되어 기쁘고 뿌듯합니다.

내가 글을 쓰기 시작한 세월도 벌써 6년이나 지나갔습니다. 글을 쓰고 있는 동안 가슴 속에 응어리져 아프기만 하던 옛날의 기억들이 생생하게 되살아나서 하얀 종이 위에 홀홀 풀어져 나왔습니다. 그때는 몰랐던 삶의 의미와 눈물의 가치가 황혼의 붉은 빛에 물들어 아름다워지기도 하였습니다. 그리고 억척같이 살아보았기 때문에 이제는 똑순이가 아니라 온화하고 여유로운 할머니로 살아가려는 자존감을 가질 수 있게 되었습니다. 고진감래苦盡甘來라 했던가요. 국제시장에서의 힘들었던 어린 시절이 지금 나를 이끌고 있는 힘이 되고, 자랑할 수 있게 된 것은 순전히 글쓰기의 덕분입니다. 할머니 작가로서 매일 비탈진 기억의 밭에서 곡괭이 대신 연필로 글을 파내는 작업이 나의 행복한 일상이 되었습니다. 어디 그뿐이겠습니까? 훗날 내가 이 세상을 떠난 후에도 자손들이 더듬어볼 수 있

는 작은 삶의 흔적을 남길 수 있게 된 것은 아무리 생각해도 가슴
벅찬 일입니다.

　첫 수필집 발간을 준비하면서 머리 숙여 감사드려야 할 분들이
많음을 새삼 깨닫게 되었습니다. 먼저 살아오면서 많이 토닥거리기
도 했지만 이제는 묵묵히 바라보며 지원을 아끼지 않는 남편 김인
식 씨께 감사드립니다. 그리고 오늘 이 행복의 기반이 되어준 우리
가족들, 그동안 열성적으로 글쓰기 지도를 해 주신 김홍은 교수님
과 충북대학교 평생교육원 수필반 문우 여러분. 편집을 맡아 마지
막까지 애써주신 정은출판 노용제 사장님께도 심심한 감사의 말씀
을 전합니다.

　끝으로 부족한 저의 글들을 기꺼이 읽어주실 독자님께도 감사드
립니다.

2019년 여름,
민 안 자

"교수님 제가 또 사고를 쳤네요"

아카시아 향기가 진동하는 5월.

사람에게도 향기가 있다면 민안자선생님의 향기는 아카시아향이 아닐가 생각이 든다.

항상 소녀의 감성을 지니신 맑고 청초한 민안자 선생님 수필집을 내신다고 해서 글을 보다가 문득 선생님과의 인연이 언제 닿았지 하고 추억을 거슬러 올라가니 제가 대학 평생교육원에서 사진을 가르칠 때 처음으로 인사를 했던 기억이 난다. 강의실 한 모퉁이에 쑥스럽게 조금은 자신 없는 듯한 모습으로 앉아 계시는 선생님을 뵙고 배우는 데는 나이가 문제가 되지 않는다고 하지만 동기들보다 한참 많은 연세에 사진을 배운다는 게 손성스러우면서도 한편으로 걱정이 되기도 하였다, 잘 따라올 수 있으려나, 용어 자체도 어려운데 잘 적응할지도 문제였다 하지만 시간이 흐르면서 제 우려는 그냥 기우에 불과하였다.

누구보다도 일찍 와서 강의실에 앉아 계셨고 또 누구보다도 열심히 배우려는 자세는 수강생들에게도 귀감이 되셨다. 그리고 다리를 다치셨음에도 불구하고 불편한 몸을 이끌고 오셔서 수업에 임하셨을 때는 정말 배우려는 모든 분들에게 귀감이 되었던 기억으로 남아 있다.

그런 선생님이 갑자기 사무실로 찾아와서 쑥스럽게 원고지를 내민다 한참을 읽다 보니 문뜩 생각나는 글귀가 있다.

프랑스 화가 '조르주 루오'는 마티스, 피카소와 함께 20세기를 대표하는 화가이다. 그는 1983년부터 성경을 모티브로 판화를 연재했다. 그가 연재한 그림 중에 '미제레레'라 하는 판화가 있는데 판화 밑에는 이런 글귀가 쓰여 있다.

"의인은 향나무 같아서 그를 찍는 도끼에도 향기를 묻힌다."

진짜 향나무와 가짜 향나무는 도끼로 찍을 때 알 수 있다. 향기가 묻어나면 진짜지만 도끼날이 상하면 가짜 향나무다. 향나무는 가만히 있을 땐 향기가 나지 않는다. 쓰라린 상처를 받아야 향기가 난다.

그의 수필에는 마냥 좋은 귀절만 있는 것은 아니다. 살아온 세월만큼이나 그 안에 상처를 어쩌면 이리 아름답게 표현해 냈을까. 역설적이라서 슬프도록 아름다웠을까.

향나무가 자기를 찍은 도끼에 향을 묻히듯 민안자 선생님도 세월 속에 아픔과 슬픔이 아름다운 언어의 향기로 나올 날이 벌써부터 설레인다.

이제는 사진가가 아닌 수필가 민안자 선생님의 삶을 응원해 본다.

서원대학교 평생교육원

교수 홍 대 기

축하합니다.

어느날 무심코 신문을 넘기다가 충북일보 문화면에서 민안자 수 필가의 「멀쩡한 거짓말」을 읽으며 수필도 역시 해학이 깃든 글이 재미도 있고 좋은 수필이라는 생각을 했습니다.

어느 여름날 시원한 아욱국을 끓여 가족들과 맛있게 먹는 즐거운 식탁을 생각하며 마른새우를 살 겸 육거리 시장을 갔는데 스피커에 서 "싱싱한 새우 사세요, 눈을 감았다 떴다, 허리를 구부렸다 폈다, 눈알은 동글동글하고 까만 눈동자는 반짝반짝, 팔딱팔딱 뛰는 새우 사세요." 하더랍니다. 멀쩡한 거짓말인 줄을 알면서도 한참 우스개 소리를 주고받으며 마른 새우를 한 봉지 샀더랍니다. 그녀도 과거에 숱하게 멀쩡한 거짓말(?)을 하면서 부산 국제시장에서 똑순이로 이 름 날렸을 때가 생각났겠지요. 위트 넘치는 글을 접하며 민안자 선생 님의 '수필 솜씨가 노련해졌다.'라는 생각이 들었습니다. 과연 김홍 은 교수님께 배운 보람이 있다는 생각을 했습니다.

민안자 작가는 여섯 살의 어린 나이에 어머니를 여의고 유일한 아버지의 여동생인 고모가 계신 국제시장에서 옷 장사를 하는 곳으로 보내져서 어린 시절부터 고모 밑에서 호된 가정 살림부터 가게 살림까지 한 몸에 두 지게를 지다시피 고된 삶을 사는, 버겁고 가련한 어린아이로 성장하였습니다.

어린 시절을 그렇게 보내며 고모 덕분에 이재에 눈을 뜨기 시작하여 숙녀가 되면서 밤 열차를 타고 서울 평화시장, 동대문시장, 남대문 도깨비시장 등을 누비며 종류별 옷들을 보따리 보따리 사서 산더미처럼 많은 짐을 끌고 다시 열차로 부산까지 내려와 고모 앞에 쏟아 놓는 중노동으로 소녀 시절을 보낸 억척 여성 똑순이였습니다.

열심히 살던 어린 시절, 청년 시절의 밑거름은 주부가 되어서도 조용히 살 수가 없어서인지 어느날인가 KBS 아침마당 이금희, 이상벽 아나운서의 눈에 띄어 매주 월요일 아침마당 주부 발언대 고정 출연진으로 발탁되어 20여 회나 출연하는 인기인이기도 하였습니다. 그렇게 위트와 용기가 늘 그녀의 삶에서 떠나지 않더니 문학 쪽으로 방향을 돌려 '일인 일책' 초창기 멤버로 저와 만난 것이 인연이 되었습니다.

　민안자 작가는 잠시도 쉬지 않고 늘 머리를 쓰며 무엇인가를 해야만 직성이 풀리는 성격입니다. 나와 수업하는 동안에도 여러 권의 1인 1책을 출판하였으나 갈급증이 나 결국은 충북대학교 수필창작 교실로 떠나게 된 여인이기도 합니다.

　수필로 인연인 된 옛 선생님이라며 늘 감사한 마음으로 대해 주는 민안자 작가는 푸른솔문학으로 「쥐똥나무 울타리」로 등단하여 지금도 열심히 이렇게 수필을 쓰고 있습니다.

　그녀의 수필은 어린 시절부터 남다른 고생과 역경을 보낸 연유로 수필 소재가 특이하면서도 재미가 있습니다. 올해는 충청북도 문예진흥기금 보조까지 받아 이렇게 훌륭한 수필집을 상재上梓하시니 더없이 기쁘고 반갑습니다.

　그녀의 일생은 참으로 버릴 것 없는 착실하고 돈독한 이야기로 차곡차곡 쌓여온 세월 같습니다. 불교인으로 손자 손녀들도 할머니 손으로 길러 '우리 할머니는 천재 할머니'라는 별호가 붙어 불려진다고 하니, 그러고도 남겠다 싶습니다.

민안자 작가는 여든을 바라보는 나이인데 벌써 다섯 권의 수필집
을 출판할 만큼 실력이 다져진 작가입니다. 부디 건강한 몸으로 오
래도록 좋은 수필 쓰시며 좋은 문학상도 타시는 문운文運을 누리시
길 빕니다.

(전)충북여성문인협회

회장 김 정 자

차례

1부 | 쥐똥나무 울타리

1
부

쥐똥나무 울타리

내가 스스로 마음 속 울타리를 조금씩 낮출 수 있었던 것은
글을 쓰면서 배우게 된 것 같다.
밖의 도둑이 내 울타리를 넘어오지 않을 것이라는
믿음이 있어서가 아니라 내 것을 내려놓고 낮추면
내 마음이 편안해진다는 것을 알았기 때문이다.
글을 쓰는 과정에서 조금씩 내가 낮아지는 것을 느낄 수 있었다.
마음을 연다는 것, 다름 아닌 쥐똥나무울타리를
닮아가는 것이란 생각이 든다.

쥐똥나무 울타리

아지랑이가 모락모락 피어오르는 봄 햇살이 따스하다. 사방은 연초록 물감을 쏟아 놓은 듯 여린 잎들의 아름다움이 사람들의 마음을 즐겁게 하여준다. 봄은 모든 새로운 생명들을 일깨우고 있는 듯싶다. 나의 마음도 덩달아 생동감이 넘쳐난다.

언젠가 도서관에서 만났던 문우한테서 전화가 왔다. 시 강의를 들으러 가자고 한다. '시를 쓰는 방법을 배울 수 있겠지.' 하는 기대로 그곳에 갔지만, 내 생각은 빗나갔다. 시에 대한 언급은 없고, 일본 여행 중 있었던 일만 말씀하신다. 일본은 사람 냄새는 풍기지 않고, 규격봉투처럼 사는 민족인데 비해 우리 민족은 따듯한 누룽지같이 구수하고 정감이 넘친다고 하셨다. 그들은 울타리와 대문을 꼭꼭 걸어 잠그고 산다고 일례를 드셨다.

우리 민족은 따뜻한 봄 햇살처럼 정감이 있어서 예전에는 동이 트면 대문부터 열어놓고, 내 집 울타리를 낮추기도 하면서 살아온 민족이란다. 우리가 글을 쓸 때는 이처럼 마음을 낮추고, 빗장을 열어 놓아야 올바른 작품을 쓸 수 있다고 가르쳐 주셨다. 교수님께서는 쥐똥나무 울타리를 예로 들으며 사람의 마음속 울타리를 낮추어야 한다고 하신다. 시를 쓰는 법을 들려줄 줄 알았는데, 내 가벼운 생각보다 더 중요한 것을 깨닫게 해준다. 하시는 말씀이 꼭 나를 향하여 일러주는 것처럼 들렸다.

나의 지난 시절이 아련히 생각났다. 어머니가 일찍 세상을 떠나셔서 아버지는 어린 딸을 돌보지 못해 부산 고모 댁으로 보냈다. 나는 고모가 시키는 일은 무엇이든 다 해야 했다. 다른 아이들처럼 학교에서 열심히 공부할 나이인데, 어른들 틈에 끼어 밤기차를 타고 서울 남대문, 동대문시장을 누비며 물건을 매입하고, 새벽 기차로 부산 도깨비 시장으로 돌아왔다. 사흘 도리로 반복되어 잠은 번번이 기차 안에서 자야 했다. 나는 어느새 장돌뱅이가 되어 가고 있었다.

철부지였던 나는 차츰 거친 세파에 물들어 세상 그 무엇도 무섭지 않은 억센 소녀로 변하게 되었다. 세월의 풍파 속에 조숙해져버린 자신을 지키기 위해 마음의 울타리를 점점 높이 쌓았다. 그 시절 어른들로부터 독하다는 말을 많이 들었다.

"저 가시나는 바늘로 꼭 찔러도 피 한 방울 나오지 않을 년!"이라고 부산 사람들에게서 수도 없이 듣고 살았다.

어린 시절의 배우지 못한 서러움과 괴로움은 항상 내 가슴을 짓누르고 있었다. 이 마음은 어른이 되어서도 어린 시절의 슬픔과 외로움으로 높이 쌓아놓은 마음의 울타리는 좀처럼 낮아지지 않았고, 마음의 빗장 역시 열지 못한 상태로 젊은 시절을 보냈다.

어느 날 「1인 1책 펴내기」 교실의 문을 두드렸다. 글을 쓰면서 어느새 내 어린 시절의 감추어진 한 많은 아픈 기억들을 눈물로 한 줄씩 한 줄씩 글에 털어 넣으며 위로받기 시작했다. 그 일로 내 마음의 높은 울타리도 조금씩 낮아지고 있는 듯싶었다. 굳게 닫고 살아온 마음의 빗장도 차차 열리어 가고 있었다.

어느 날 강의 시간에 들었던 교수님의 쥐똥나무 울타리 이야기가 생각났다.

우리 집 앞 빈터에는 낮은 키의 쥐똥나무가 자연스럽게 울타리가 되어 밭 가장자리를 둘러싸고 있다. 5, 6월이면 하얀 꽃이 탐스럽게 핀다. 그 꽃향기는 백합향기 만큼이나 진하여 온 동네사람이 코를 들이대보며 지나다닌다. 10월 달이면 보라색의 귀여운 열매가 맺힌다. 그 열매가 쥐똥과 비슷하다하여 쥐똥나무라는 이름으로 불린다고 하는데, 나는 그렇게 좋은 향내의 예쁜 꽃을 피우는 나무가 쥐똥나무란 이름으로 불리는 게 유감이었다.

그동안 살아오면서 쥐똥나무에 별로 관심을 두지 않았었다. 그러나 오늘따라 쥐똥나무 울타리에 시선이 멎었다. 주인의 사랑을 받지 못하면서 묵묵히 밭을 지켜온 울타리를 바라보면서 알게 모르게 사람들이 살아가는 삶의 모습을 보는 듯하다.

가지는 많지만 키가 크지 않아 울타리 용도로 흔히 심는 나무다. 양지나 반 그늘진 곳에서도 잘 자라며 공해와 추위에도 잘 견딘다. 뿌리가 얕고 잔뿌리가 많아서 옮겨심기 쉽고, 목재가 치밀하고, 단단하여 도장이나 지팡이를 만들기도 한다고 하니 매우 유용한 식물이라는 생각이 든다. 나도 쥐똥나무처럼 유용한 사람은 될 수 없을까.

지금 내 인생은 어떤가. 가정을 이끌며 삼남매를 지키는 울타리다. 그동안 자식을 가르치며 부모의 가정교육으로 높은 담을 만들어 살아오지 않았나 싶다. 이제는 마음도 울타리를 낮추는 쥐똥나무처럼 살고싶다. 마음의 벽과 빗장을 허문 울타리가 되어 쥐똥나무 꽃처럼 향기로운 생각으로 살고 싶다. 그리고 남은 생은 나를 위한 목표를 향하여 쥐똥나무 꽃말처럼 '강인한 마음'으로 묵묵히 걸어가리라.

가재

산사에 여름은 아직 물살이 차갑기만 한데 먹고, 입고, 자고, 산다는 것이 녹록치 않던 시절 양식 대신 가재로 끼니를 때우기 위해 물가에 나갔다. 막상 잡으려고 하면 뒤로 도망가 버리고 앞에서 잡기에는 큰 집게발이 무서워 엄두도 낼 수가 없었다. 벌써 몇 시간째 물속만 들여다보기만 했다. 가재 잡는 것은 뒷전이고 녀석 하고 노는 재미에 푹 빠졌다. 오늘은 녀석을 놀려볼까. 개울가에 버들가지 숲속에서 큰 가재 두 마리가 엉금엉금 기어 나왔다. 개울가 숲속이나 큰 돌멩이 속에서는 여름을 맞아 겨울에 웅크리고 있던 몸을 활짝 펴고 앞다리 집게발을 조심스럽게 더듬어 가며 기어 다닌다.

산골짜기 계곡 물가에 며칠째 버들가지를 꺾어 들고 큰 가재가 나오면 버들가지로 물살을 살짝 내리치면 위험을 감지했는지 뒷걸음으로 몸을 피하는 녀석이 신기해서 여름 한철 가재는 친구 겸 산골 어린아이의 놀이였다. 예전에는 가재와 노는 재미도 요즘 아이들 스마트폰 두드리는 재미만큼이나 신기했다.

가재란 걸음걸이가 재미있다. 사람, 동물, 조류, 하물며, 지렁이, 굼벵이도 급한 경우가 생기면 앞으로 뛰어가기도 하고, 뛰지 못하는 미물도 앞으로 몸을 숨기는 것이 본능이다. 가재는 급하거나 위협을 느끼면 뒷걸음으로 날렵하게 물속에서 맛이 날개를 단것처럼 꼬리를 오그렸다가 펼쳤다 하면서 나르는 수준이다. 가재 꼬리가 지느러미 역할을 하는가 보다. 한나절이 훨씬 지났는데 가재 잡을 생각은 있고 녀석과 노는 재미에 푹 빠져 있었다. 내일 비가 오면 가재는 잡을 수 없다.

한여름에는 아예 신발을 벗고 가재와 송사리랑 같이 놀다가 보면 가재의 모든 행동을 살펴볼 수 있었다. 친구들하고 노는 것보다도 재미있었다. 어느 날 개울가에 나갔는데 뒤꼬리에 수수보다 더 작은 가재 '알'이 대롱대롱 매달려 있었다. 유리처럼 선명하게 비취는 알속에서 오글오글 움직이고 있다. 한여름 물가에서 녀석들과 함께 지냈는데 가재 뱃속이 만삭이 된 것을 본 적이 없었다. 언제 알을 낳았는지 꼬리에 달고 다닌다.

알 속에서 한 생명체가 고물거리며 움직이고 있다. "아니 저것은 무엇" 가재 알 속에서 집게발이 쏙 나오더니 새끼 가재 맏형이 알집을 뚫고 나와 냇물 바닥에 떨어졌다. 새끼 가재가 기어가는 것을 보고 어미가 잠깐 감싸 안더니 갑자기 몸을 흔들며 꼬리를 펼치고 나머지 알들을 다리로 툭툭 치며 알 속에서 새끼들을 나오도록 유도하는 듯하다. 금방 알 속에서 태어난 새끼들은 어미의 몸속으로 들락거리며 뒷걸음으로 날렵하게 잘도 헤엄을 친다. 알 속에 웅크리고 있던 녀석이 물속에 떨어진지 불과 몇 분도 지나지 않았지만 물속을 나르는 수준은 어미와 비슷하다.

어미의 꼬리틈새로 몸을 숨기는 새끼들 알 속에서 태어난 지 불과 몇 분정도 박에 되지 않은 어린 것들이 뒷걸음치는 모습은 삶의 본능이다. 어미 품속을 파고드는 녀석이 오늘 따라 부럽기만 하다. 오늘은 참기 어려울 만큼 엄마 품이 그립다. 녹록치 않은 살림에 가제는 생활에 보탬이며 그 시절 무거리에다 가재를 넣고 끓인 죽은 끼니 때마다 별미이었다. 도움이 많이 되었다. 시골에서 살 때 경험한 모든 것이 한 권의 교과서처럼 지금 내 삶의 지표가 되었다. 자세히 살펴보니 여러 개의 새끼들을 꼬리로 끌어안은 채 기어 다니는 모습은 모성애가 아니면 감히 할 수 없는 일이다. 어릴 적 기억이 까맣게 지워져 버린 기억이 가재는 어제 일처럼 선명하다. 어릴 때 가재 잡던 곳에 한번 가 보고 싶다.

자귀나무 꽃

무심천변을 걷다보면 성당 옆에 서 있는 커다란 자귀나무를 만나게 된다. 봄이 저만치 물러가고 본격적인 더위가 시작되면 무지개처럼 아름다운 꽃을 피우는 자귀나무는 무심한 내 발걸음을 멈추게 만든다.

소녀 시절 고향마을 둑길에도 자귀나무 두 그루가 우뚝 서 있었다. 꿈에도 잊을 수 없는 그 자귀나무, 지금은 어떤 모습일까? 혹시 긴 세월에 자취도 없이 베어져 버리지는 않았을까? 새하얀 명주천에 분홍빛 깃털처럼, 새색시 같은 얼굴을 수줍게 내미는 자귀나무 꽃잎, 언제 봐도 예쁘고 사랑스러웠다. 초여름 밤이 깊어 갈 무렵, 야트막한 언덕길에 흐드러지게 피어 달빛마저 황홀하게 만들었던 그 자귀나무 꽃에 대한 기억은 아직도 한 장 사진처럼 생생하다.

자귀나무 꽃에는 내 첫사랑이 품겨 품고 있다. 상대는 옆집에 사는 고등학교 학생이었다. 검정교복에 모자는 손에 들고 다닐 때가 많았지만 늘 단정하였다. 아침밥 먹기가 바쁘게 국제시장에 출근했던 나는 평소 얌전하고 말이 없었던 그와 가까워질 기회가 그리 많지 않았다.

밤 여덟시가 넘도록 시장 손님들에게 시달리다 보니 집으로 돌아오는 길은 늘 파김치가 되어 터덜터덜 걸어왔다. 그날도 지친 몸으로 무심하게 걸어가고 있는데 길목에서 휘파람소리가 들렸다. 그리고 나지막이 들리던 노랫소리. "또~옥 또~옥 또~옥 구두 소리, 빨~간 구두 아가씨…." 그 소리는 높지도 낮지도 않아서 속삭이는 듯 감미로웠다. 많은 시간이 흐른 지금까지도 그 아련하고 애절했던 음성의 여운이 귓가에 남아 있다. 그렇게 말없이 노래만 부르던 그가 갑자기 뛰어와서 내 신발 앞에다 한 움큼 자귀나무 꽃을 놓아주고 뛰어가버렸다. 얼떨결에 꽃을 집어 들고 나는 이러지도 저러지도 못하고 한참 동안 서 있었다. 그날 이후 길목에 그가 없는 날이면 마음이 허전하고 불안했다. 어디가 아픈 건 아닌지, 혹시 이사라도 간 건 아닌지 걱정이 되어 발길이 멈칫거리곤 했다.

언젠가는 하모니카를 불면서 기다리다가, 동구 밖 자귀나무 꽃 그늘에서 꼭 한 번 만나 달라는 꼬깃꼬깃 접은 손 편지를 나에게 슬며시 건네주던 적이 있었다. 낮은 하모니카의 아련한 울림으로 가슴속을 파고들던 그리운 추억. 때로는 그 순간을 못 잊어 자귀나무 꽃을 한 움큼 들고 해묵은 추억의 그림 속으로 들어가 서성이

기도 한다. 이제 여든을 바라보는 황혼의 언덕길에 서 있지만, 자귀나무 꽃은 나를 영원한 청춘의 한순간으로 돌아가게 하는 타임 머신만 같다.

아무 말도 못하고 그렇게 퇴근 길목을 기다리던 그를 먼발치에서 슬쩍 바라보면 순진한 내 가슴은 걷잡을 수 없이 두근거리고 얼굴은 화끈거렸다. 가만히 되돌아보니 그 두근거림과 화끈거림이 나의 첫사랑이었다. 그땐 그렇게 제대로 얼굴 한 번 쳐다보지도 못하고 가슴앓이만 해야 했다. 저녁나절 젊은 사람 누군가 얼핏 가게 앞을 지나가기만 해도 눈치 빠른 고모가 나를 단속했기에, 만나고 싶은 마음은 굴뚝같았지만 용기를 내지 못했다. 나를 그토록 보고 싶어 했던 사람이었는데, 나 역시 한없이 가슴 뛰게 만든 사람이었는데, 서로의 마음을 확인해보지 못하고 끝난 것이 못내 아쉽다.

첫사랑은 누구에게나 가슴 저리게 하는 아쉬움과 아련함을 간직하고 있다. 그 사람도 흐르는 세월 속에서 나만큼 자귀나무 꽃의 추억을 그리워하고 있을까? 지금에 와서 그때를 그리워하는 것은 어쩌면 바보 같은 일이다. 용기가 부족했던 나를 탓할 수밖에 없다. 하지만 지금, 그 아련한 추억이 있어서 낭만에 젖어볼 수도 있고 허전할 때 위안을 얻을 수 있다는 생각이 든다.

"할머니 첫사랑은 자귀나무 꽃이란다."라고 손자들에게 이야기를 들려주면 "사랑은 사람이랑 해야지, 자귀나무 꽃이 무슨 첫사랑

이야?" 하며 고사리 손으로 예쁜 입을 가리며 깔깔 웃어댄다. 남편은 할머니의 첫사랑 이야기로 웃음꽃을 피우는 손자들을 보고 "당신, 수십 년 전 그 이야기를 또 하시오? 그놈의 첫사랑 이제 지겹지도 않아요?" 하고 질투 섞인 불평을 늘어놓는다. 한편으로는 그렇게 살짝 화가 난 듯한 남편의 표정과 말투를 나는 적당히 즐기고 있는지도 모르겠다.

어릴적 나의 배곱품 만 생각하고
모이를 들고 공원에 가서 마음껏
억도록 넉넉 하게 주고 나니
마음이 훈훈 해짐은 아마도
보시를 했기 때문이 아닐까 싶다

콩타작

간밤에 서리가 살짝 내렸다. 이제 막 동산을 기어오른 햇살이 퍼져나가자 풀잎에 내려앉은 하얀 서릿발들이 사르르 녹아 이슬로 맺힌다. 한여름 무더위를 이겨낸 땅의 결실이 밭이랑에 가득하다. 그동안 무던히도 애를 썼으니 이젠 좀 쉬라는 듯 시원한 바람이 불어온다. 오늘은 그동안 애지중지 키운 서리태를 타작하는 날이다. 여문 콩깍지 속의 콩알들을 떨어내기 위한 도리깨질 소리가 흥겹다. "삐거덕 툭탁, 삐거덕 툭탁" 강아지 재롱떠는 소리마냥 귀엽고 정겹다. 서늘한 날씨에도 남편 얼굴에선 콩알 같은 땀방울이 송골송골 맺혔다. 동글동글 콩알들이 톡톡 튀어오르고, 멍석 위로 또르르 굴러 도망을 간다. 한 알이라도 놓칠세라 쓸어 모으기에 분주한 내 손길에도 흥이 저절로 난다.

내가 해마다 손이 많이 가는 콩 농사를 짓는 이유가 있다. 콩을 키우다 보면 무언가에 정성을 쏟은 만큼의 결실이 온다는 교훈도 얻게 되지만, 콩이 주는 색다른 재미가 있다. 도리깨질에 이리 튀고 저리 튀면서도 무심한 듯 다시 모여앉아 나를 바라보는 콩알들은 귀여우면서도 발랄하다. 모나지 않고 동글동글한 모습에다 웃는 얼굴의 눈썹처럼 가느다란 눈을 갖고 있어서, 정겹고 예쁘다. 도리깨 매질을 당하고서도 태연하다. 모난 내 감정이 울분을 삭이지 못할 때도 콩알들은 탱글탱글한 웃음으로 즐겁게 살라고 깨우쳐준다. 서리를 맞아야 제 맛을 내는 서리태의 끈질기고 성실한 모습이 감동을 주고, 쥐의 눈을 닮았다는 쥐눈이콩은 그 이름만으로도 귀엽고 영특한 느낌을 준다.

타작이 끝나고 자루에 그득 담긴 콩을 바라보면 저절로 배가 부르다. 옛날 가난하던 시절이 떠오른다. 쌀이나 보리처럼 주식은 아니지만 밥에 섞어 먹거나 두부를 만들어 부족한 영양분을 채웠던 그 시절이 새삼스레 그립다. 남편이 콩깍지를 한 아름씩 안아다 나르면서, 초보 농사꾼이지만 근동에서는 다수확 농부라고 뿌듯해한다. 콩을 심을 때 조금 깊게 씨앗을 심었기 때문에 콩이 실하고 많이 열리게 되었다고 은근히 자랑을 하며 다닌다.

지난주에는 떨어둔 반미콩 한 말을 오만 원에 팔았다. 하지만 나는 아기들 돌보듯 키워온 정성과 땀을 생각하면 조금 서운했다. 파는 것보다 그냥 두고 어루만지며 바라보는 것이 좋겠다는 생각을 했다. 바구미 때문에 그렇게 할 수도 없지만 아침저녁 물을 주고 김을 매며 보살펴온 정을 생각하니 왠지 모르게 아깝다는 생각이 들었다. 농부의 순박한 마음으로 돌아가는 것 같다. 많은 세월 동안 수많은 일을 겪어오면서 상처받고 모나게 바뀐 내 성격이 둥글고 순박하게 되어가는 기분이다. 콩이 나에게 주는 선물이다.

볕이 따사롭다. 올여름 유달리 애를 태우며 농사를 지었기에 알곡 한 알 한 알이 더욱더 빛이 난다. 열흘 전에 뽑아놓은 쥐눈이콩은 가을볕에 낮잠을 자다가 이제 자기 차례라며 재롱을 떨고 있다. 툭툭 털다보면 데굴데굴 떼구루루 굴러다니는 콩알이 하도 귀여워 바지 주머니에 한 움큼 집어넣고 만지작거리면 손까지 마냥 즐겁다. 동글동글한 콩알처럼 석양에 물든 내 인생도 둥글고 건강하게 이어가고 싶다. 건강이 허락하는 한 결코 속되지 않게, 조금은 바보스럽지만 순박한 자연인으로, 그리고 산비탈 콩밭 주인으로 살아가고 싶다. 흙의 정직함은 해마다 튼실한 콩을 자루마다 그득그득 우리 부부에게 안겨주리라 믿는다.

꽃 한 다발

오월의 햇살이 얇은 수국 꽃잎 사이에 살며시 내려앉는다. 오월
의 꽃은 삼월이나 사월보다 성숙미를 더해 중년부인 같은 중후함
을 풍긴다. 이 아름다운 계절에 꽃다발 한 아름 받고 싶은 여자의
마음, 지나친 욕심일까? 40여 년이 넘도록 부부로 살아오면서 생
일 때마다 남편에게 생일 선물로 장미 꽃 한 송이 받고 싶다고 노
래를 불렀었다. 정말 시도 때도 없이 꽃 타령을 했다. 언젠가는 아
름다운 꽃다발이 내 가슴으로 안겨올 것이라고 믿으며 기다렸지만
늘 그렇듯 기대는 실망으로 끝이 났다. 그렇다고 쉽게 포기하자니
자존심이 상했다.

지난해에는 달력에 "내 생일, 장미꽃 한 송이가 소원이다."라고
크게 적어놓았다. 그리고 별의 별 어울리지 않는 애교와 눈치를 주
었건만 남편은 곰처럼 꿈쩍도 하지 않았다. 또 어느 때인가는 고즈
넉한 산길을 같이 걸어가다가 깜직하고 예쁜 들장미가 눈에 띄어

"여보, 저 꽃을 꺾어서 나에게 선물해줄 수 없어요?"라고 보채기도 해봤다. 남편은 못 들은 척 먼산만 바라보았다. 타고난 성격이 무뚝뚝해서 그러려니 하고 이해를 하면서도, 해마다 한쪽 가슴에 쌓아온 싸한 서운함이 가슴을 헤집었다. 많은 여인들에게 사랑받는 장신구나 값비싼 선물을 해달라고 억지떼를 쓰는 것도 아니고, 소박하게 꽃 한 송이를 받고 싶다는 건데…….

올해는 나도 지쳤는지 남편도 나도 마음 편안하게 잠자코 지나가자는 생각이 들었다. 더 이상 꽃다발 타령은 하지 않기로 했다. 그런데 생일을 며칠 앞두고 남편은 뜬금없이 "당신, 아직도 꽃다발 받고 싶으시오?"라며 계면쩍게 웃으며 묻는다. 나는 대답 대신 빙긋 웃고 말았다. '저이가 이젠 마음이 변했나, 묻기는 왜 물어? 평생을 소원해도 꿈적하지 않더니…' 했다. 알 수 없는 일이었다.

드디어 생일날 아침이 되었다. 남편은 아침 일찍 슬며시 밖으로 나가더니, 밥상을 차려놓고 기다려도 도무지 돌아오지 않는다. 밥상 앞에 모여든 손자들은 손에 꽃 대신 수저를 하나씩 들고 "할머니! 생일 축하합니다." 노래를 부르며 빙글빙글 돌고 있었다. 그때였다. 남편이 만면에 웃음을 머금고 슬그머니 나타났다. "여보, 생일 축하해요. 꽃 사발 받으시구려."라며 등 뒤에 들고 있던 무언가를 내민다. 꽃이라는 말에 잠깐이었지만 '장미 백송이'일지도 모른다는 환상에 젖었다. 남편은 나를 똑바로 쳐다보지도 못하고 신문지로 두툼하게 감싼 꽃을 받으라고 재촉했다. 슬며시 들여다보니 장미는 아니었다. '그래도 이게 어디야?' 하며 "감사합니다."라고 말했다. 가만히 보니 옆 동네 사는 친구 집 울타리에 흐드러지게 핀 수국 다섯 송이를 꺾어 신문지로 돌돌 말아가지고 온 것이었다. 문득 예전에 어느 스님의 법문에서 들었던 말씀이 떠올랐다. 아무리 단단한 바위라도 낙숫물이 한 곳에만 똑똑 떨어지면 구멍이 뚫린다고 했다. 아마도 그와 같은 일이 벌어진 것 같다. 다시 보니 남편 말대로 사발만큼 커다란 수국은 연분홍색을 띠고 있어서 무척 고왔다.

수국 다섯 송이! 송이가 하도 커서 다섯 송이만 해도 한 아름이다. 결혼 후 45년 만에 처음 받아본 꽃이었다. 어렵게 받아본 꽃이라 감격하여 손자들하고 둘러앉아 큰 꽃송이 속의 작은 꽃송이를 모두 세어보았다. 한 송이에는 작은 꽃송이가 170여 개가 들어 있었다. 꿈에 그리던 장미 100송이보다 훨씬 많은 850송이의 수국이 아닌가? 일흔을 넘긴 할머니가 한 번에 800송이가 넘는 꽃을 받아본 사람이 어디 또 있을까? 연분홍색 수국이라 송이가 탐스러우면서도 매혹적이다. 화려한 장미보다 나에게는 수국의 은은한 아름다움이 훨씬 더 잘 어울리는 것 같다. '평생을 기다린 꽃인데 이 정도는 되어야지….' 노년에 소원 성취했다. 결혼식장의 신부들이 들고 있는 부케가 수국이었던 것을 생각하니, 남편에게 부케를 선물받은 것처럼 기뻤다.

손이라도 한번 꼭 잡아줄 감성은커녕 눈 맞추며 '고마워' 또는 '미안해'라고 말 한마디 못하는 남편의 깊은 속내를 이제야 들여다

본 것 같아 감사하고 고마웠다. 지금까지 살아오면서 서운했던 일
들이 한꺼번에 이슬처럼 반짝하고 사라졌다.

양귀비 밭에서의 추억을
담는 여유

목마른 아이들

    채마밭에 앉아서 돌처럼 무거운 흙덩이를 비집고 싹을 틔워 올라오는 씨앗의 축복을 텅 빈 마음으로 바라본다. 애처로움을 넘어 신비롭다고 해야 할 것 같다. 뜨거운 땡볕 아래에서 태어난 어린 생명이다. 하지만 바싹 마른 땅에서 물기를 빨아들이지 못해 어린 싹들은 배실배실 몸살을 앓는다. 얼마나 몸이 뜨겁고 목이 마를까? 이럴 때 한바탕 소나기라도 쏟아지면 좋으련만, 비 소식은 한 달이 넘도록 함흥차사다. 여린 잎들이 바싹바싹 타들어 가는 모습은 마치 홍역에 걸려 고운 입술이 하얗게 타들어가던 아이를 보는 것 같다. 목이 타서 "엄마"라는 울음소리마저 내지 못하는 아이들에게 뾰족한 방법이란 따로 없다. 그저 낮과 밤을 새워가며 젖은 수건으로 온몸을 닦아주고 젖을 조금씩 입에 흘려주듯이, 바가지에 물을 퍼 날라서 여린 잎과 뿌리를 적셔주는 수밖에.

어제 저녁 뉴스에 반가운 비 소식을 전했다. 사십여 일 만에 20mm 정도의 소나기가 올 거란다. 새벽부터 밭에 나가 함께 시원한 소나기를 맞아보겠다는 기대로 이제나 저제나 기다렸다. 하지만 무심한 먹구름만 오락가락했지 떨어지려니 했던 단비는 오늘도 기상예보를 배신하고 감감 무소식이다.

"아~ 거기 퍼질러 앉아 뭐하는겨? 고추 모종들 부러지게!"

남편도 속이 타는지 괜히 나에게 소리소리 질러댄다. '기다리던 비 소식이 감감하니 링거라도 한 대씩 놓아야 하겠구먼.' 나도 애간장 타는 마음으로 혼자 중얼거려본다. 그나마 참깨는 씨앗을 깊게 뿌려서인지 힘들지만 그럭저럭 생명을 유지하고 있다. 가장 애처로운 건 들깨 모종이다. 밭고랑 옆으로 씨앗을 줄줄이 흩어 뿌렸는데, 싹이 났지만 뿌리가 얕아 벌써 끝이 말라들어가고 있다. 아침저녁 물을 주어 보지만 새싹들이 빨아들이기 전에 벌써 마른 흙들이 먹어버리고 공중으로 날아가버린다. 밭 옆의 작은 개울도, 논 옆의 수멍에도 물 한 바가지 뜰 데가 없다. 할 수 없이 청주 집에서 한 말들이 물통 3개에 물을 가득 싣고 보은 밭까지 날라야 한다. 햇살이 퍼지기 전 물을 주려고 새벽 다섯 시에 벌써 밭으로 달려간다. 아이들이 흡족해 하도록 물을 주려면 필요한 물이 무한정이다. 물이 풍족하지 않으니 물 한통을 여러 번에 나눠 주어야 한다. 맨 처음 조금씩 졸졸 붓고 물이 땅속으로 스며들면 30분 후에 또 살살 붓기를 반복하여 예닐곱 번에 나눠 준다. 그리고 기다렸다가 다시 해가 설핏할 무렵 나머지 물 두통을 마저 주고 집으로 온다.

그렇게 한 달이 지났다.

　마음속으로는 올해 농사를 포기할까 했다가도 밭이랑에 가서 앉아보면 생각이 달라진다. 시들어가는 어린 잎들을 보면 그냥 놓아둘 수가 없다. 조금이라도 도움이 될까봐 밭 옆의 야산에 올라가 큰 나무 밑의 축축한 흙을 한 대야씩 날라다가 들깨 모종밭 가장자리에 놓아주기도 했다. 어린 생명을 살리려고 약간의 물만 보여도 어떻게 퍼 날라볼까 하는 마음이 들었다. 남편은 애꿎은 콩밭 이랑을 왜 벅벅 긁어 대는지 모르겠다. 거기서 물이 나올 것도 아닌데…. 속이 타는 김에 쩍쩍거리며 주변에서 날아다니는 콩새와 비둘기에게 작은 돌을 주워 돌팔매질을 해댄다.

　마침내 "쏴아~ 주르륵 주르륵" 비가 쏟아진다. 그야말로 단비다. 오랜만에 비를 봐서 그런지 빗줄기가 굵고 힘차다. 참깨와 들깨 모종 사이로 금세 흙탕물로 흥건하다. '그럼 그렇지, 내 정성이 이제야 하늘에 가 닿았나보다.' 지성이면 감천이라고 하던 말이 현실이 되었다. 하마터면 어린 모종들을 다 죽일 뻔했다. "휴우~~~" 목이 타 들어가던 아이들, 이파리에 빗물을 머금은 채 나풀거리며 웃는다. 환청幻聽처럼 그들의 밝은 웃음소리가 들리는 것 같다. 밭둑의 노란대추 꽃도 몽실몽실 생기를 되찾아 벌과 나비를 부른다. 남들은 아무렇지 않게 지나치는 저 꽃들을 유독 나만 해마다 다른 감동으로 바라보는 건 내가 별나서가 아닐 게다. 나의 땀과 삶의 의미가 밑거름 되어 여기에서 이렇게 환한 꽃으로 피어나고 탐스런 열매로 맺기 때문이다.

이렇게 한철은 지나가나 보다. 세월이 흐를수록 주변의 작은 인연들이 소중하게 느껴진다. 내 손과 발이 약간의 수고를 했다고 참깨와 들깨 같은 농작물마저도 정이 듬뿍 쏟아지고 애지중지하게 된다. 그게 행복으로 다가온다. 남들은 그것들이 뭐라고 그렇게까지 힘들여 가꾸느냐고 하겠지만, 직접 경험해보지 않은 사람들은 모른다. 서울에 사는 친구들도 이런 재미를 잘 모를 것이다. 가을이 되면 서울 친구들을 불러와야겠다. 그리고 말해줘야지.

"친구야, 여긴 돈만 빼고 다 있다."

덕유산 눈꽃축제

밝아오는 새해를 하루 앞두고 마지막 날을 조용히 보내려 하
는데 사진반 회원들이 덕유산 눈꽃을 보러 간다고 한다. 집 앞 학
교 마당에도 눈이 많이 쌓였는데, 그 먼 곳까지 눈꽃을 보러 간
담……. 하지만 모두들 몰려가는데 나만 빠지려고 하니 왠지 서운
했다. 그곳에서 멋진 눈 사진을 찍겠다는 욕심이 슬그머니 들어
얼른 옷을 입고 따라나섰다. 덕유산 입구에 도착할 때까지는 그저
가까운 곳으로 나들이를 나온 기분이었는데, 설천봉까지 올라가
는 케이블카 보니 겨울의 별천지로 들어가고 있었다. 눈이 부실만
큼 하얀 세상, 내가 평소에 덕을 많이 쌓았나보다. 삭막한 겨울에
이렇게 아름다운 풍경 속으로 들어갈 수가 있다니…….

설천봉에 올라 자연이 만들어낸 덕유산 눈꽃을 보는 순간 손뼉
을 치며 큰소리로 탄성을 질렀다. 설국雪國이었다. 거미줄처럼 얽

했던 머릿속의 잡다한 생각들이 하얀 눈 속에 파묻히고, 속을 불편하게 했던 응어리들은 눈과 함께 사르르 녹아내린다. 이제 텅 비어버린 내 가슴에 무엇을 채우고 내려갈까? 하늘마저도 가을 하늘보다 더 짙푸르고 깊다. 한겨울이 내려 쌓인 덕유산을 회원들은 '찰칵 찰칵' 카메라에 담고, 나는 정상의 백설 위에 멍하니 서서 차갑지만 진한 삶의 희열을 가슴속에 차곡차곡 쌓았다. 나이가 들면서 스스로 나이테가 벼슬인양 어른 노릇만 하려고 했는데, 오늘만은 천진난만한 어린아이 시절로 돌아가 데굴데굴 눈 위를 굴러보고 싶다.

덕유산은 시선을 어느 곳으로 옮겨도 장관이다. 이렇게 아름다운 눈세계가 있다는 걸 지금껏 왜 몰랐을까. 아마도 내 생각으로는 민족의 영산 백두산이나 신선들이 논다는 금강산의 모습도 이처럼 아름답지는 않을 거란 생각이 들었다. 등산객의 화려한 옷차림이 하얀 옥양목에 자수를 놓은 것처럼, 이름난 화가의 그림처럼 보인다. 날씨는 매섭도록 차갑지만 내 눈에 비치는 눈꽃은 무한한 백색 세상의 용광로가 따로 없다. 추위도 잊어버리고 덕유산 정상을 향해 오르다보니 등에서는 땀이 송골송골 맺히기도 했다.

흰 백색으로만 핀 눈꽃이 색색가지 화려한 꽃보다 아름답다는 사실이 경이롭다. 팍팍하고 혼탁한 세상에 살다보니 백색의 아름다움을 이제야 깨닫게 되나보다. 누구라도 이 순백의 세계에 하루만 머무르면 순수하고 맑은 사람이 되리라. 바람결에 묻어오는 소나무와 주목의 향이 신선한 기운이 되어 머리를 씻어준다. 문득 정신을 차려 동행들을 찾아보았다. 그들의 낯빛도 붉게 상기되어 있다. 하나같이 대작을 건진 것처럼 자못 진지한 표정들이다. 산마루 근처의 떡갈나무 가지에는 상고대가 은빛으로 반짝인다. 얼음옷을 입고 선 나무들도 이 한겨울의 고통을 참아내야 따스한 봄의 희열을 맛볼 수 있을 것이다. 그것을 알고 있기에 저렇게 투명하고도 아름답게 빛나고 있는 것이다.

'살아서 천년, 죽어서 천년' 산다는 주목은 꼿꼿한 모습으로 하늘을 찌르고 있다. 오늘따라 유난히도 고고해 보인다. 사진작가 한 분은 아까부터 그곳을 떠나지 못하고 쉴새없이 찰칵 찰칵 렌즈에 담아내고 있다. 나는 아직 사진에 대해 잘 몰라 주목의 무엇을 찍고 있는지 잘 모르겠다. 아마도 몇백 년의 삶을 찍어내고 있는지도 모른다. 그에게 내 모습을 찍어 달라고 부탁하면 주름살에 묻혀있는 내 삶도 찍어낼 수 있을까.

엉겁결에 따라나선 여행이었지만 그 어느 때보다 유익하고 즐거운 하루였다. 해가 저물면서 추워지는데 돌아서야 하는 발걸음은 아쉬움으로 무겁기만 하다. 젊은 사진작가들 틈에서 사진을 찍지 않고 왔다갔다만 한 것 같아 다소 버거웠지만, 별천지 세계에 내 발자국을 남긴 것만으로 더 바랄 나위가 없다. 가슴이 뿌듯하여 십

년은 젊어진 기분이고, 이 상쾌한 기분이 오랫동안 지속된다면 병
치레도 사라질 것 같다. 더 없이 좋은 세상이다. 오늘 밤 꿈에는 하
얀 새가 되어 다시 한 번 덕유산 정상으로 날아가 보고 싶다.

홍쌍리 매실 농장에서 사진 한장을
제대로 못찍고 동려들은 모두 좋은
작품을 찍고 자리를 옮겼는데
언제까지 양설이고만 있는 필자

국제시장 똑순이

　오빠 심부름으로 7개월 된 동생을 들쳐 업고 판교장터로 향했다. 마침 장터에는 서울행 버스가 도착했고 산골아이였던 나는 저 버스 한번 타봤으면 하는 부러움으로 버스에서 내리는 사람들을 바라보고 있었다. 그때 작은아버지께서 눈깔사탕을 손에 들고 내리시다 나를 보고는 "너 마침 잘 만났다. 운전사 양반, 다시 이 차를 타고 가야 하니 잠시만 기다려 주시오." 하더니 내 손을 잡고 장터 약국으로 가셨다. "주인장, 건너마을 사는 우리 형님 아시죠? 이 아기(동생) 좀 맡길 터이니 형님한테 데려가라고 해주시오." 그러고는 내 손을 잡고 "서울 가서 간따꼬(원피스) 사줄게." 하셨다.

　그렇게 서울역에 도착한 후 다시 부산행 완행열차를 탔고, 12시간 후 부산 국제시장에 도착했다. 내 나이 열한 살 때의 일이다. 그 시절 우리 집은 몹시 가난했고 국제시장에서 장사했던 고모는 어린 일손이라도 필요했다지만 아무것도 모르는 나는 험한 시장 한 복판에 던져진 후 낯설고 서러워 울기도 많이 울었다. 며칠 지나자 가게의 언니 오빠들이 나를 '눈물의 똑순이'로 부르기 시작했다. 아침 일찍 가게 문을 열고 있으면 옆 가게 언니 오빠들이 "똑순이 일찍 왔네. 오늘은 울지 마라."라며 놀려대곤 했다. "자꾸 똑순이라고 부르면 나도 언니 오빠들 별명을 부를 테야."라며 항의를 했지만 그냥 웃으며 놀리기 일쑤였다. 지금 생각해보면 그리 창피할 일도 아닌데 그 말이 왜 그리도 싫었던지…….

되돌이(다른 가게에서 상품을 빌려다가 파는 것을 말함)가 많은 날은 국제시장 2공구 A동으로 달려갔다. 2공구로 가면 그곳의 가게에서는 모두들 자기네 물건을 가져가라고 야단법석이다. "똑순아, 뭐가 필요하노?" "이것 좀 가져가라."라는 말이 빗발쳤다. 내가 가지고 간 물건은 모두 다 팔리기 때문이었다. "담당사 특대 연핑크색하고, 스코치 쉐타 밤색", "빨리 빨리!"라고 외치며 시장통을 온통 뛰어다니는 게 나의 임무였다. 우리 점포에 없는 색깔이나 사이즈는 다른 점포에서 얼른 빌려다 판매하는 것을 잘해야만 장사를 잘한다는 칭찬도 받을 수 있고, 무엇보다 시장에서 살아남을 수 있었다. 부산 국제시장은 옷이나 잡화, 포목, 화장품이 유명했는데 1공구에서 6공구까지, A동과 B동 합치면 모두 12동이나 되었다. 나는 그곳을 말처럼 뛰어다녀야만 했다.

그 당시 국제시장 4공구 A동, '준광상회' 민양, 일명 똑순이를 모르면 그 바닥에서는 '간첩'으로 통했다. 장사도 잘하지만 똑똑하고 예쁘다는 소리도 많이 들었다. 어렸지만 손님에게 어떻게 해서라도 옷을 이것저것 입어보게 만들고 결국은 사도록 만드는 재주가 있었다. 지금은 정찰 가격으로 판매를 하지만 그 시절에는 판매하는 사람이 적당히 금액을 올려 불러놓고 손님과 밀고 당기기를 잘해야만 우수판매원이 될 수 있었다. 지금 생각해보니 까마득한 옛날 일이다. 초등학교 4학년 때부터 스물일곱살까지 16년간이나 "어서 오세요." "안녕히 가세요."를 외치는 것이 주어진 책임이었고, 손님이 지나가면 한 사람도 놓치지 않으려고 불러들였다. 그러한 억척스러움이 나를 "국제시장 똑순이"로 만든 것이었다.

그렇게 눈물을 흘리며 장사하는 법을 배운 덕분에 결혼 후에 번듯한 의류가게 여사장으로 이름께나 날리며 살았다. 국제시장에는 가끔 일본 관광객이 쇼핑을 올 때도 있었다. 고모님이 하는 일본어를 귀동냥으로 듣고 얼른 뛰어 나가서 구십도로 절을 하며 "이랏샤이 마세"를 계속해서 외쳐댔더니, 일본 손님들이 모두 우리 가게로 왔는데 그때부터가 문제였다. 일본어는 한마디도 할 줄 모르니 어떻게 손님에게 상품 설명을 해야 할지 난감했다. 그러나 내가 누군가? 국제시장 똑순이 아니던가? 어법이야 맞건 아니건 무관하게 손짓 발짓으로 물건을 팔았다. 핑크색 앙고라 스웨터를 내놓고, "가와이 데쓰요."라고 권하면서 눈치를 살피면 아마도 핑크색이 곱다는 표현이 맞나보다. 용기를 내어 비둘기 색을 보여주며 "키레이 데쓰요."라고 했더니 빙긋이 웃으며 고개를 끄덕이다가 자기들끼리 "키레이 데쓰요" "키레이 데쓰요"라고 하면서 앙고라스웨터를 아홉 명이 각자 하나씩 골라 가지고 금액을 묻는데 그만 난감해졌다. '85,000원'이라고 말을 해야 하는데 전혀 대책이 없다. 얼른 백지를 내놓고 숫자를 적어주니 고개를 끄덕이며 값을 치르고 나가면서 그들도 내가 일본어를 못하는 것을 알아차리고는 눈인사를 하고 간다. 일본 손님을 보내 놓고 등에서 진땀이 났다. 상품을 판매하고도 내가 어떻게 했는지 멍하고 있는데 앞집, 옆집 친구들이 몰려와서 "가시나야, 니 일본어를 어찌 아나? 이거 웃기고 있네, 별종이다."라며 혀를 내두르곤 했다.

이제는 다 지나간 삶의 일부분일 뿐이다. 하지만 그렇게 억척같이 살았던 경험과 용기가 이제 내가 쓰는 수필의 소재가 되어 되살아나고 있다. 그때의 국제시장 똑순이가 지금은 온화하고 여유로운 할머니가 되려고 글을 쓰고 있다. 그렇게 살아온 세월이 부끄럽고 주위 친척들을 도와주지 못한 것이 후회스러울 때도 있지만 험하고 각박한 시장바닥에서 살아남기 위한 나름대로의 몸부림이었음을 고백하고 싶다. 고진감래苦盡甘來라 했던가? 국제시장에서의 어린 시절이 지금의 나를 이끌고 있는 힘이요, 자랑이다. 할머니 작가로서 오늘도 비탈진 글밭에서 곡괭이로 글을 파내고 있다.

나는 바보

요즘 나는 바보가 되어가고 있다. 나이가 들면 정신도 없고 무엇이든 판단하는 능력이 떨어진다는 건 주변 사람들을 보면서 알고 있었다. 그런데 나는 그 사람들보다 더 심한 천치바보가 되어 가는 기분이 들어 당황할 때가 많다. 가끔 겁이 나기도 한다. "오늘은 또 무슨 실수를 저지를까?", "오늘은 또 무엇을 잃어버릴까?" 그런 생각을 하다보면 정신이 바짝 들어 주머니를 살펴보고 옷매무시를 다시 만져본다. 이린 생각을 할 줄 아는 걸 보면 진짜 바보는 아닌 것 같은데, 실수를 저질러 당황하였을 때는 바보가 틀림없다는 자학을 하게 된다.

예전부터 글쓰기를 좋아했지만 용기가 나지 않아 망설이기만 하였다. 그러다가 우연한 기회에 무작정 문을 두드린 충북대학교 평생교육원 수필창작교실. 3월 개학날이 다가오자 봄을 기다리는 처녀처럼 가슴이 콩닥콩닥 뛰고 밤에는 잠을 설치기도 했다. 아직 바람은 차가웠지만 나의 마음은 벌써 봄날의 따스한 온기로 가득 차 있다.

드디어 개학날 아침이 밝았다. 부산하게 움직여 옷을 차려입고 집을 나섰다. 교실에 들어서는데 가방 속의 스마트폰이 걱정이 되었다. 수업시간에 벨소리가 요란하게 울리면 안 되니까 무음으로 설정해야 하는데, 그것도 나에게는 쉽지 않다. 그런데 엊그제 친구가 알려준 방법이 생각났다. 받지 않아도 되는 전화가 걸려오면 스마트폰을 엎어놓으면 소리가 나지 않는다는 거였다. 그것 참 좋은 방법이란 생각이 들어 당장 써먹기로 했다. 수업시간이 되자 전화기를 가방에서 꺼내 살짝 엎어놓았다. 그래서 그런지는 모르지만 수업시간에 벨소리가 나지 않고 잘 넘어갔다.

아뿔싸! 집에 돌아와서 보니 전화기가 없었다. 가만히 생각해 보니 교실에 그냥 두고 온 것이었다. 피곤한 몸을 이끌고 다시 교실로 달려갔다. 내가 앉았던 자리에 가보았지만 스마트폰은 보이지 않았다. 터덜터덜 집으로 와서 딸에게 전화를 했다. "엄마 전화기 잃어버렸어. 어떻게 하지?" 딸은 자초지종을 물어본다. 수업 도중에 벨소리가 날까봐 엎어놨다고 했다. 딸은 이야기를 다 듣고 난 뒤 "어머니 잘못 알고 계셨어요."라고 한다. 폰이 울리면 소리를 죽이기 위해 엎어 놓는 것이지 처음부터 엎어 놓으면 벨은 울리는 것이라고 했다. '아, 이 바보!' '옛날 말에 모르면 가만히 있으면 중간이나 간다고 했는데 제대로 알지도 못하면서 아는 것처럼 써먹으려고 하다니….' 그런데 이미 엎질러진 물이다. 다시 정신을 차리고 집 전화로 스마트폰에다 전화를 걸어 보았다. 반갑게도 벨소리가 전해진다. 누군가 받았다. "여보세요, 제가 전화기를 잃어버려서요."라고 했더니, "네, 행정실로 찾으러 오세요." 했다. '아이고, 됐다!' 곧바로 평생교육원 행정실로 뛰어갔다. 결국 스마트폰은 내 손에 다시 돌아왔지만 내 머리 속이 하얗게 빈 것 같은 경험은 아프게 가슴에 남았다.

가끔 나 스스로 머리를 콩콩 쥐어박고 싶을 때가 있다. 정말이다. 얼마 전 붐비는 인파 속에서 여행용 가방을 사기 위해 시장통을 헤매다 어떤 가게에 들어갔다. 마침 눈에 띄는 여행용 가방이 있어서 골라 들었다. 이 정도면 두 사람 이틀 동안 입을 옷을 충분히 넣을 것 같아서 금액을 지불하고 상점을 나왔다. 잠시 몇 걸음을 걷다가 문득 스마트폰 생각이 나서 찾아보니 없었다. 아차! 상점에 놓고 온 것이었다. 금방 돌아가 보았지만 상점에서도 못 보았다고 했다. 산 지 얼마 안 되어 위약금을 물어야 할 터인데… 이것저것 걱정이 앞선다. 바보짓을 한 달 만에 두 번씩이나 저질렀으니 자존심마저 구겨졌다.

며칠 후 모르는 전화번호로 전화가 왔다.

"네. 여보세요?"

"혹시 민안자 씨 되십니까?"

"네, 누구신지요?"

"전화기를 가져간 사람을 잡았습니다. 내일 집으로 방문할게요.

신고는 하셨습니까?"

"네, 딸이 했는데요." 딸 전화번호를 가르쳐 달라고 한다. 전화기를 찾았다는 반가운 소리에 앞뒤 생각을 하지 못하고 딸 직장과 전화번호를 알려주었다. "우편집중국 김OO 팀장입니다."라고 말을 하고나서 '아차 또 실수를 했구나. 바보….' 내 머리를 때려보았지만 이미 늦었다. '어쩌면 좋지? 딸 직장까지 말해버렸으니 딸에게는 뭐라고 해야 하지?' 그때부터 눈이 캄캄하고 팔다리가 후들후들 떨리면서 머릿속이 하얘지기 시작해 갈피를 잡을 수가 없었다. 잠시 마음을 가라앉힌 다음, 딸은 여행 중이니 사위에게 전화를 했다. "이서방! 어떻게 하지? 내가 또 실수를 한 것 같은데 불안해서 전화를 했어."

"어머님, 마음 가라앉히시고 차근차근 말씀해보세요."

"아이들 어미 이름과 직장, 직책까지 가르쳐줬거든. 이쪽저쪽 사기를 치는 것 같아. 그 사람 전화번호를 문자로 보낼 터이니 누군지 알아봐줘."

"어머님 제가 잘 알아볼 테니 걱정 마세요." 그래도 영 불안했다. 남편에게도 전화를 했다. 아무리 생각해도 내가 바보짓을 한 것 같아 불안하니 집으로 빨리 오라고 했다. 지금 금방이라도 사기꾼이 집으로 들어닥칠 것 같아서 진정이 되질 않았다. 잠시 후 사위한테서 전화가 왔다. 그 사람은 청원경찰서 강력3팀 형사였단다. 내일 아침 경찰이 집으로 방문하여 조서를 받을 것이라고 했다. 그런데 스마트폰이야 새로 사면 되지만 함께 잃어버린 주민증과 운전면허

증은 누군가가 나쁘게 이용할 것 같아 또 다른 걱정이 앞섰다.

잠시 생각해보니 경찰이 집으로 찾아온다는 것도 이상했다. '그 사람들 바쁠 텐데 왜 집에 온다고 하지?' 또 다시 가슴이 뛰고 울렁거린다. 차라리 내가 경찰서로 가는 것이 낫겠다 싶어 다음날 아침 경찰서 강력3팀 문을 열고 들어갔다. '이곳에 그 형사란 사람이 있으면 다행이고 없으면 도둑을 내가 유인을 해서 잡아버려야겠다'는 생각까지 했다. 떨리는 마음으로 또박또박 적어간 쪽지를 내밀었다. 거기에는 진짜 형사님이 계셨다.

어젯밤 잠도 못자고 뒤척이었는데…. 한 번 잘못 생각하면 꼬리를 물고 연속해서 바보짓을 해댄다. 세상은 내가 도저히 따라가지 못할 만큼 빨리 변하고 있다. 그러다보니 마음은 불안해져 자꾸 사람들을 의심하게 되어 또다른 실수를 저지르게 된다. 나이 탓이라고들 하지만 막상 실수를 거듭하다 보면 바보라는 생각밖에 들지 않는다. 아직은 쌩쌩하게 살아가야 되는데 걱정만 앞선다. 이럴 때 가장 손쉬운 방법은 주위 사람들에게 자꾸 묻는 것이라는데, 그것도 민폐가 될 수 있어서 쉽지 않다. 이래저래 늙어가는 것이란 서글픈 일이라는 생각이 든다.

2
부

멀쩡한 거짓말

세이 원에서 수련을 보며
사색에 잠겨 오늘 만큼은
여유롭게 즐기고 싶은 마음

1960년대, 그때는 장사를 하는 사람과
물건을 사는 사람 사이에도 따스한 정이 오갔다.
엉터리 같은 허풍을 떨어도 손님들은 알면서도
속아주고 모르면 모르는 대로 그냥 넘어 갔다.
나중에 속은 것을 알게 되면 일부러 그러지는 않았을 것이라며
이해를 하며 살았다.
지금 생각해보니 그 당시 멀쩡한 거짓말을 많이 한 것 같아
얼굴이 붉어지기도 하지만 그때는 그렇게들 살았다.

산새의 모성

봄의 계절은 몸단장으로 연둣빛 열정을 알알이 매달고, 조르르 피어난 벚꽃의 향긋한 냄새가 산사를 뒤덮는다. 연연히 찾아와 내 몸에 나이테를 남기는 봄의 흔적들 속에서 산새들의 지저귐은 봄꽃과 같이 내 마음을 흔들어 놓는다. 오늘은 특별한 날이다. 온 가족이 산사로 봄나들이를 갔다. 손자들은 모처럼 걸어보는 산길이 신기한 듯 앞질러 뛰어간다.

숲속을 지나가는데 갑자기 '푸드득' 소리가 났다. 예쁜 깃털에 아주 작은 산새다. 참 아름다웠다. 나의 발걸음 소리에 놀란 어미 새가 둥지에서 땅바닥으로 뛰어내린다. 어미 새는 날개를 펼쳐야 날 수 있을 텐데 날개를 반은 접고 뒤뚱거리며 걸어간다. 쩍쩍거리며 애달프게 운다. 남편은 작은 새둥지 안을 들여다보며 새끼가 다섯 마리 있다고 한다. 그때다. 어미 새는 아예 땅바닥에서 뒹굴고 있다. 새끼는 부화한 지 얼마 되지 않은 알몸이었다. 솜털도 하나 없는 새끼는 어미의 위험 신호를 알아들었는지 움직이지도 않고 죽은 듯이 가만히 숨죽이고 있다. 신기하면서도 마음이 애잔하다.

까치처럼 높은 미루나무에다가 알을 낳아 놓으면 동물이나, 뱀, 뻐꾸기 같은 힘센 천적들의 피해를 보지 않았겠지만, 작은 산새는 야트막한 나뭇가지 위에 둥지를 틀고 알을 낳는다. 알둥지를 발견하면 누구나 손만 뻗으면 알을 꺼낼 수가 있다. 그렇게 위험한 곳에서 어미는 집을 짓고 사명을 다한다. 불리한 조건에서도 해마다 종족을 번식시키기 위해 모든 노력을 다하는 모습이 가히 대견스럽다. 어미 새는 우리 일행을 뒤돌아보며 말은 못하지만, 새끼가 있는 둥지로 가지 말고 나를 잡으라고 손짓, 발짓 다 해 가며 울부짖는다. 어미 새의 모성이 대단하다.

지금은 시대가 변했다고는 하지만 우리 젊은이들은 아이를 하나만 낳아 기르면서도 힘들다 하고 아예 낳지 않는 부부도 있다. 저 작은 새의 삶을 보며 모성을 본받아야 할 것 같다는 생각을 했다. 새끼를 살리기 위해 어미새는 잡힐지도 모르는 위험을 감내하며 나의 시선을 돌려보려고 애를 쓰고 있다. 내가 만약 이런 상황이라면 저렇게 할 수 있었을까. 예전에 어른들이 무엇을 하려다가 얼른 생각이 나지 않으면 새대가리인가. 이런 말을 했었다. 나는 하늘과 산하를 모두 하나로 품어 안아 보아도 산새의 영리한 머리에 미치지 못할 것 같다.

따뜻한 봄 햇살 속에서 산새들의 지저귐은 봄꽃과 같이 마음을 들뜨게 하는 계절이다. 봄은 생동감 넘치는 활력소를 뿜어낸다. 새로이 꽃을 피워내고, 새들은 알을 품어 여러 마리의 새끼들을 작은 한 몸으로 지켜내는 모습은 가히 찬탄할만하다.

나는 봄을 좋아한다. 나는 온갖 벌, 나비들이 모여들어 봄의 축제를 여는 시골 마을에서 성장했다. 어릴 때는 살생이 무엇인지 몰랐다. 산속 숲의 새둥지에서 인정사정없이 꿩 알, 뜸부기 알, 콩새 알, 참새 알, 작은 산새 알까지 동구리에다 주워다가 먹었다. 그때는 동심에 젖어 즐거움만 알았지 새들의 고통은 몰랐다. 돌이켜 보면 어미 새가 얼마나 가슴 아파했을지 생각조차 못했다.

어릴 때 모르고 저지른 살생이었지만 지금 생각해보면 어미 새들에게 해서는 안 되는 죄를 저질렀다. 이제는 멀리 바라다 보이는 나무줄기 가지에 새둥지가 있어도 조심스럽게 피해 다닌다. 빛바랜 추억들이 알알이 영글어가는 어릴 적이지만 마음속의 죄를 새들에게 용서 받고 싶다.

멀쩡한 거짓말

　신록이 우거진 싱그러운 바람도 쐬고 입맛을 돋우는 아욱국이나 끓여 먹어보려고 시장으로 발길을 옮겼다. 건새우를 사러 건어물 가게로 갔다. 가게 안주인은 얌전하게 가게에 앉아 있고 바깥 사장님이 카세트테이프를 틀어놓고 건새우를 팔고 있다.

　"싱싱한 새우 사세요. 눈을 감았다 떴다 허리를 구부렸다 폈다. 눈알은 동글동글하고 까만 눈동자는 반짝반짝, 팔딱팔딱 뛰는 새우 사세요."라고 한다.

　"사장님 허리를 구부렸다 폈다 하는 새우 주세요."

　"네. 여기 있습니다."

　"어디요? 이거는 허리를 구부리고만 있네요. 폈다 구부리진 않는데요?"

　이때 가게 안에서 여사장님이 나오더니 화를 버럭 내면서 "우리 집 양반이나 손님이나 똑같군요. 어떻게 죽은 새우가 허리를 폈다 구부렸다 합니까?" 재빠른 손놀림으로 비호같이 카세트를 꺼버리고는 남편에게 쓸데없이 거짓말 하지 말고 장사를 제대로 하라고 한다. 웃자고 농담으로 한마디 한 것이 화근이 됐다. 가게 안주인이 너무 단순하다. 나 같으면 "뱃살이 펄떡펄떡 뛰는 새우 사세요." 라고 하며 한마디 더 거들었을 것 같다. 어차피 건어물 가게인데 웃자고 하는 소리가 아니었던가. 멀쩡한 거짓말인줄 알면서도 나도 모르게 발길을 멈추고 말았었다.

기왕에 장사를 해 먹고 살기위해 남자 분은 손님을 불러들이려고 선의의 거짓말을 했을 뿐이다. 반짝반짝 그 익살스러운 재미에 지나가던 아주머니들이 발길을 멈추고 손님들이 모여들었는데, 허리를 구부렸다 폈다 하는 익살이 없으니 모였던 손님들이 싱거워서 뿔뿔이 흩어진다. 아주머니들이 건새우를 사러 왔다가 그냥 가버린다.

할 수 없이 내가 "사장님 카세트 틀어 놓으세요. 웃자고 하는 말이지 죽은 새우가 어떻게 펄떡펄떡 뛰겠어요."라고 한마디 하고, "까만 눈동자가 반짝반짝하는 새우하고, 펄떡펄떡 뛰는 멸치 한 근 주세요."라고 했다. 주인아저씨는 싱글벙글하며, 건새우와 멸치를 봉지에 담아서 건네주며 고맙다고 연신 고개를 숙인다. 이를 받아 들고 시장을 한 바퀴 돌아 집으로 오면서도 건새우 파는 아저씨의 멀쩡한 거짓말이 믿지가 않다.

　나도 한때 저런 거짓말을 하면서 장사를 하던 젊은 시절이 있었다. 오래된 기억 속에 부산 국제시장에서 옷 장사를 하는 고모님 댁에서 장사를 배웠다. 그때의 거짓말은 뚱뚱한 손님이 오면 이 옷을 입으면 날씬해 보인다고 했다. 키가 작은 사람이 오면 이 옷은 걸쳐만 봐도 키가 커 보인다고 콧소리를 냈다. 멀쩡한 그 거짓말보다는 그래도 손님의 마음을 살피며 심리를 이용하여 상술을 짜냈다. 어느 때는 손님들은 속아 넘어가고, 기분 좋아서 한 가지만 사러 왔다가 두 개, 세 개씩 사들고 가면 고모가 대번 눈빛이 달라졌다. 그날은 점심도 백반에서 곰탕으로 격이 달라진다.

　손님이 오면 그럴싸한 거짓말을 잘 하느냐에 따라서 하루에 매상이 달라졌다. 판매를 많이 하게 되면 고모한테 잘한다고 칭찬도 받았다. 멀쩡한 거짓말에 손님도 기분이 좋고, 장사하는 사람은 돈 벌어서 좋다. 거짓말을 한다 해도 손님이 마음에 들지 않으면 사지를 않는다. 아무래도 손님이 마음을 읽고 옷의 디자인이나 색감, 느껴지는 정감이 있을 때 권하게 된다. 때로는 장사를 하려면 필요에 따라 거짓말이 아니라 허풍스러움을 떨게 된다.

　1960년대 그때는 사람들이 순진해서 허풍을 떨어도 정말로 믿기 때문에 장사를 해도 정이 담겼고, 선의의 거짓말을 해도 서로가 이해를 하며 살았다. 지금 생각해보니 멀쩡한 거짓말 같은 상술에 손님들은 잘도 속아 넘어 갔다. 그 시절 본의 아니게 허풍이 담긴 말을 해서 미안스럽다. 그러나 멀쩡한 거짓말은 아니었다.

요즘 우리는 경제가 어려운 시대를 살아가고 있다. 서민일수록 더욱 힘들게 살아간다. 그래도 옛 시장에 가보면 고유의 전통문화를 지키며 살아가는 지난날의 정감에 푹 빠져 살맛이 난다. 아무리 시대가 변했다 해도 재래시장은 세월이 가지 않고 삶의 옛 정서가 그대로 남아 머무르고 있다. 이럴수록 서로 서로가 가난을 극복해 가는 우리의 문화를 느끼는 재래시장에서 인정을 쏟으며 함께 정을 나누며 살아갔으면….

개암과 헤이즐넛

잠시 틈을 내어 찾아가면 늘 몸과 마음을 편안하게 해주는 쉼터가 있다. 보은에 있는 자그마한 밭이다. 남들은 다 늙어서 무슨 청승으로 농사를 짓느냐고 하지만, 나에게는 더 없이 편안함과 행복을 주는 곳이다. 밭은 농산물을 얻기 위해 일만 하는 곳이 아니다. 그리고 농사짓는 일이 노동이라는 생각은 해본 적이 없다. 호미로 딸깍딸깍 밭일을 하다보면 온갖 시름을 잊을 수 있고 밝은 햇볕을 한껏 받아들이고 나면 밤잠이 꿀맛이다. 가끔 밭둑에 걸터앉아 숨을 돌릴 때면 어릴 적 내가 자란 범바위골이 어렴풋이 떠오른다. 그곳은 경기도 광주군 샘말 산7번지, 그야말로 산골마을이었다. 집의 앞마당에서 바라보면 멀리 범바위가 보였다.

커다란 범바위 밑에는 움푹하게 패인 토굴이 하나 있었다. 할아버지와 마을 사람들이 그 굴속에서 호랑이가 엉금엉금 기어나오는 것을 보았다는 이야기를 하셨다. 그렇지만 먹을거리가 넉넉지 않던 시절이라 범바위 골에는 개암나무 때문에 가지 않을 수가 없었다. 범바위 뒤쪽에는 내 키만큼이나 되는 개암나무가 많이 있었다. 개암이 노릇노릇 익어갈 때면 무서움을 무릅쓰고 범바위로 올라가 주머니 가득 개암을 따오곤 했다.

아침밥 먹고 산책을 나간 남편은 점심때가 지났는데 감감 무소식이다. 새참 때가 훨씬 기울어서 집에 돌아온 남편은 새삼스럽게 개암이나 따먹으러 가자고 한다. "아니, 도시 한복판에서 개암을 따다니, 무슨 소리요?" 남편은 빙그레 웃더니 매봉산에도 개암나무가 있으니 산책 삼아 같이 가 보자고 한다. 반신반의하며 따라나섰다. 남편 말이 맞았다. 특유의 널찍한 개암나무 잎 아래 노르스름하게 잘 익은 개암 서너 개가 세월을 거쳐 온 듯 나를 반긴다. 육십여 년 전 어릴 때 따 먹던 바로 그 개암이다.

개암은 누구나 따먹을 수 있는 우리 산야의 야생 견과堅果였다. 개암은 시골에 살지 않은 사람은 잘 알지 못하는 과실이지만, 역사책은 물론 옛 선비들의 문집에도 실려 있다고 한다. 고려시대에는 제사를 지낼 때 맨 앞줄에 놓였다고도 한다.

저녁 늦게 딸네 식구들이 차나 한 잔 하자며 수박과 참외를 사 들고 왔다. 사위와 딸은 내가 직접 꽃을 따고 정성들여 내린 들국화차를 향기까지 음미하며 마시는데, 손녀딸들이 커피를 마시겠다고 한다. "아니, 엄마아빠는 국화차를 마시는데 너희들은 몸에 안 좋은 커피를 마시려고 하니?"라고 했지만 중·고등학생인 손녀들은 굳이 커피를 고집한다. 거기에다 "할머니, 저희는 헤이즐넛 커피 주세요."라고 한 술 더 뜬다.

"채은아, 유진아, 헤이즐넛이 무슨 열매로 만든 커피인 줄 알고 그러니?"

"할머니는 영어로 된 이름이라 잘 모르실 거예요."

"헤이즐넛 커피는 향기가 가장 좋은 커피래요."라고 한다.

이때 애들 엄마가 한마디 한다. 할머니는 어린 시절 너희들이 좋아 하는 커피 열매인 '개암'을 산속에서 직접 따먹곤 하셨다고 알려주었다. "할머니, 헤이즐넛 커피 열매를 직접 보셨어요?"

"응. 배가 고파서 개암을 많이 따먹고 살았단다." 그 말을 듣고 의아해하면서도 그들의 눈빛은 여전히 초롱초롱 빛이 난다. 그도 그럴 것이 한참 커피에 대해 설명을 했는데 할머니는 커피 열매를 따먹고 살았다고 하니 놀랄 수밖에…. 결국 "할머니, 미안해요."라는 말로 마무리되었다. 저녁 무렵 차를 마시는 시간에 커피 열매 '개암' 때문에 가족 모두가 뭉게구름처럼 하얀 웃음꽃이 한바탕 피어났다.

요즈음 우리 주변에는 '개암 커피'를 즐겨 마시는 사람이 많단다. 그런데 막상 '개암'이 무엇인 줄 아느냐고 물어보면 잘 모른다. 어릴 적 내가 알던 개암나무는 내 키 정도 되는 조그마한 나무였는데, 요즘 우리가 즐겨 마시는 헤이즐넛 커피의 나무는 키가 큰

신품종 개암나무라고 한다. 모양은 도토리 비슷하며 껍데기는 노르스름하고 속살은 젖빛이며 맛은 밤 맛 비슷하나, 조금 더 고소하다. 내게는 잊을 수 없는 추억의 열매이기에 항상 아련하게 생각나는 열매. 그 시절 배가 고파서 깊은 산속에 가서 따 먹던 개암 덕분에 마치 내가 특별한 것을 아는 것처럼 손자들에게 이야기를 해주었다.

개암 깨무는 소리에 도깨비들이 화들짝 놀라 도망간다는 '도깨비와 개암' 같은 전래 동화 속에도 나올 만큼, 개암은 우리에겐 꽤 친숙한 열매였다. 어릴 적 개암을 '깨금'이라고도 했다. 나에겐 개암나무나 개암이란 말보다는, '깨금나무' '깨금'이란 말이 더 친숙하게 들린다. 이 '개암'이 요즘은 우리의 일상에서 자주 접하는 커피의 열매가 된 것이다. 커피 가운데 향이 좋아 많은 사람들이 즐겨 찾는 헤이즐넛 커피가 개암으로 볶은 커피란다. 어릴 때 즐겨 따먹던 개암이 요즘 즐겨 먹는 커피 열매라고 하니 반백년이 지난 지금 다시 추억 속에 가족들과 함께 도란도란 웃음꽃을 피우며 범바위 골로 달려간다. 지금쯤 그곳에는 개암이 지천이겠지.

농록 빌리지

모처럼 태국으로 여행을 떠났다. 여행을 하다보면 조금만 움직여도 내밀어야 하는 게 돈이다. 붐비는 사람들 틈 사이를 이곳저곳 기웃거리며 구경을 하다 보니 그야말로 돈이 줄줄 새는 것 같았다. 그런데 생전 처음 아름다운 꽃 정원을 구경하다가 마음을 온통 빼앗기고 말았다. '농록 빌리지'라 불리는 꽃 정원이었는데 넓이가 220만 평으로 어마어마한 규모였고, 그 정원의 관리자는 '농록'이라는 할머니였다. 태국에서 제일 큰 정원이라는데, 하루 4만 명이나 다녀간다고 한다. 빌리지 내의 정원사로 일하는 농부만 하더라도 6,000명이나 되고, 자체 병원을 운영하면서 세계적인 실버타운도 세울 계획을 하고 있다고 한다. 농장에는 꽃 종류는 말할 것도 없고 나무 종류도 헤아릴 수 없이 많았다. 농록 빌리지를 이곳저곳 살펴보면서 평소 꽃 가꾸기를 즐기고 화분에 대한 애착이 많은 나는 다른 관광보다는 며칠이고 그곳 구경만 했으면 좋겠다는 생각마저 들었다. 무엇보다도 농록 빌리지를 관리하는 그 할머니가 부러웠다. 언제부터인지는 모르지만 나도 그러한 정원을 가꾸고 관리하는 꿈이 있었다는 사실을 알게 되었다. 내 꿈이 이루어지지는 않았지만 잘 가꾸어진 정원을 구경하면서 짧은 시간이나마 행복했다.

몇 해 전이다. 시어머님 살아계실 때 산 아래에 있는 우리 밭 700평에 집을 짓고 남편과 같이 야생화를 가꾸며 살아볼까 했던 적이 있다. 그 계획을 남편에게 말했더니 남편도 좋아하면서 꿈에 부풀어 했다. '우물은 어디다 팔까?' '대문은 마을이 내려다보이는 곳이 좋지 않을까?' 하는 등 마음속으로는 벌써 설계를 마친 상태였다. 며칠이 지나자 남편이 마음이 바뀌었는지, '어머니 살아 계실 때는 꿈도 꾸지 말라'는 것이었다. 그러나 한껏 부풀었던 내 마음을 쉽게 내려놓기 어려웠다. 비탈진 밭둑에 꽃 잔디로 '야생화 정원!' '놀러 오세요.'라는 꽃글자를 수놓고, 과일 나무도 많이 심고 야생화가 지천으로 피어나게 하고 싶었다.

그때 실행에 옮기지 못한 것이 못내 아쉽고 아련하다. 지금도 야생화와 유실수를 많이 심어 도회지에 사는 어린학생들이 마음껏 놀러올 수 있도록 자매결연 맺는 꿈을 꾸기도 한다. 옛날엔 조금의 여윳돈만 있었어도 이룰 수 있었겠지만 지금은 많은 돈이 들어 욕심을 버렸다. 그 대신 우리 집 옥상에 자그마한 원두막을 지어놓고 온갖 새들을 5~60쌍씩 키우고 있다. 게다가 멀지 않은 곳에 계절마다 야생화 꽃 천국이 있다. 살고 있는 집 옆으로 소방도로가 나면서 시유지이긴 하지만 조그만 나대지가 있어 꽃밭을 가꾸고 있다.

예전에 나는 이것저것 공부하는 시간과 풍물, 장구 배우는 시간 외에는 산으로 들로 돌아다니는 시간이 많았다. 내 스스로도 왜 이러는지 몰랐다. 어릴 때 고생을 많이 해서 화가 쌓였을까? 아니면 흔히 말하는 역마살이 끼었나? 그러나 농록 빌리지에 다녀온 이후 해답이 나왔다. 평소에 자연을 좋아하고 자연 속에서 부대끼며 살고 싶었던 욕구가 마음속 깊이 자리 잡고 있었음을 깨달았다. 잘 키워놓은 꽃을 감상하는 것도 좋아하지만 직접 손질해가며 가꾸는 것이 더 좋다. 농록 빌리지를 다녀온 후 조그만 옥상뿐 아니라 저 높은 산과 넓은 들이 모두 내 농장이라 생각하면서 마음을 비우고 살기로 했다. 늦가을이면 산과 들의 산부추꽃과 용담꽃의 보라색이 무척이나 내 마음을 설레게 한다. 또한 노년에 시작한 수필쓰기란 꽃도 참 좋다. 꽃들을 바라보며 글을 쓰는 일이 무엇보다 마음을 편안하고 여유롭게 만들어준다.

친정집 벌초

엊그제까지 대쪽같이 꼿꼿하던 어르신들, 천년만년을 살 것처럼 울림을 하던 그분들을 만나러 가는 산길이 구불구불하고 가파르다. 작은 산모롱이마다 서 있는 올밤나무들은 노릇해져 가는 가시들 속에 설익은 알밤을 배시시 내밀고 멀리서 찾아오는 손님들을 반갑게 손짓한다. 벌초꾼들은 익어가는 밤톨을 바라보며 입맛을 다셔보지만 그럴 만한 시간 여유가 없을 것 같다. 옷을 편하게 갈아입고, 시간이 겹겹이 쌓여 빽빽해진 풀들을 깎아내기 시작한다.

칠십을 훌쩍 넘긴 나이에도 친정집 벌초에는 해마다 한 번도 빠뜨리지 않고 참석해 왔다. 그렇다고 이마에 무명수건 질끈 동여매고 삐죽삐죽 돋아난 억새풀을 한 줌씩 베어내는 일을 하려는 건 아니다. 한 번이라도 참석하지 않으면 조상님께서 두 손 들고 물구나무라도 서라고 호령하실 것 같아 고속버스를 타고, 전철 2호선과 5호선을 번갈아 타며, 산길을 한참동안 걸어서 그곳에 도착한다.

일 년에 한 번이지만 산소에 찾아오는 데는 남다른 즐거움이 있다. 벌초는 조상의 묘를 찾아뵙고 다듬는 의미만 있는 게 아니다. 흩어져 사는 친척과 형제들이 한자리에 모여 우애를 다지는 가족 행사의 의미가 더 클지도 모른다. 아직 식지 않은 더위에 산속에서의 한바탕 땀을 흘리며 즐기는 소풍의 뜻도 있다. 엊그제 시집 온 새댁, 돌배기 아기까지 모두 모여 화목한 가족임을 확인한다. 아이들에게는 웃어른들에게 공경하는 모습을 자연스럽게 알려주는 교육의 장이기에 흐뭇하기까지 하다.

이런 벌초 문화를 유지하는 데에, 내 친정집이라고 젊은 사람들 의견이 분분하게 갈리는 일이 왜 없었으랴. 차라리 봉안당奉安堂이나 수목장樹木葬 등으로 모셨으면 하는 의견이 어찌 없었을까. 그럼에도 불구하고 벌초 문화를 유지하는 건 세대 간의 만남을 통하여 화합을 이루려는 의지가 강하기 때문일 터이다. 부모님을 공경하고 이웃을 사랑하는 예禮의 정신이 전수되고 있다는 것이 가상하다.

긴 세월 벌초를 계속해오면서 나름대로의 자체 규칙이 통용되고 있다. 할아버지 직계자손 아들과 장성한 손자는 회비를 5만 원씩 내도록 하고, 그 이외 6촌과 8촌, 출가한 딸은 회비 대신 찬조금을 성의껏 내는 것으로 정해져 있다. 나도 자식이지만 출가한 딸이라는 이유로 정식 회비는 내고 싶어도 내지 못하고 찬조금만 해마다 조금씩 내고 있다. 그리고 산소에 오시는 분 중에 여든 넘으신 웃어른에게는 공경의 차원에서 얼마간의 용채를 드린다.

벌초할 무렵이면 비가 내릴 때가 많다. 누가 지어낸 말일까? 이맘때 오는 비는 찾는 사람 없는 무연고 묘의 서러운 눈물이라는 말. 그럴 수도 있을 것 같은 생각이 든다. 하지만 올해엔 날씨가 좋아 다행이다. 제祭를 올리고 고축告祝을 하는 내내 산록에선 매미가 "맴~맴 쓰르람 쓰르람" 울어대었다. 우두커니 서서 어릴 때 돌아가신 어머니 얼굴을 애써 떠올려보려 하지만 워낙 어릴 때 돌아가셨기에 가물가물하다. 밤나무 가지에 붙어서 울어대는 매미소리가 그러한 내 마음을 아는지 유달리 목청을 높이고 있는 것 같다. 올해로 어머니 떠나신 지 68년이나 되었다. 땅거미가 내려오는 저녁나절이면 유독 어머니 생각은 나를 서글프게 한다. 봉분을 쓰다듬으며 어머니에게 속삭여보지만 어머니는 대답이 없으시다. 이제 나도 머지않아 어머니 계신 그곳으로 갈 날이 가까워지는데 서로 알아볼 수나 있을지.

8월에 들어서면 지나 시골 길에는 '벌초 대행'이라는 문구가 여기저기 눈에 뛴다. 그래도 나는 친정집과는 먼 이야기이니 얼마나 다행인지 모른다. 친정집은 선산에 윗대 어른부터 차례차례 십여 기 이상의 봉분이 있다. 그럼에도 남자들은 잔디를 베고 웬만큼 큰 아이들은 베어놓은 풀을 한줌씩 들고 나른다. 여자들은 음식 준비를, 노인들은 삼삼오오 모여 앉아 그간에 이야기꽃을 피우느라 한참이고, 어린 아이들은 올 밤나무 밑에서 밤톨을 줍기에 여념이 없다. 내년에도 변함없이 건강한 모습으로 벌초에 참석하리라. 여름 가족이 함께하는 소풍 같은 하루라서 즐겁고 먼저 가신 조상을 만나는 의미가 있어 행복하다.

양켜비 밭에서 사진 작가 님과
친구하고 차 한 잔의 여유
핑크 T을 입은 필자

머루

늦더위가 속을 태운다. 밭농사 2년차인 초보 농부가 정성을 들여 심어 놓은 콩이 시들시들 생기 없이 말라간다. 마치 노년인 내 얼굴과 비슷하다. 지금쯤 소나기나 한줄기 흠뻑 내렸으면 좋으련만…. 며칠 이내에 비가 오지 않으면 애꿎은 콩은 다 말라 죽게 생겼다. 안타까운 마음에 이른 새벽에 콩밭으로 달려갔다. 흙은 바싹 말라 있는데 콩잎에는 고맙게도 이슬이 영롱하게 맺혀 있다. 아침 이슬을 머금은 콩은 조금이나마 생기를 찾은 것 같다. 이슬방울이 작지만 생명수였다. 이마저도 한낮이 되면 또다시 바싹 말라 들어갈 것을 생각하니, 오늘도 마른하늘만 자꾸 바라보게 된다.

"어머나! 머루가 달렸네!" 콩밭을 한 바퀴 돌아보다가 밭 귀퉁이에 심어놓은 머루덩굴이 눈에 띄었다. 가뭄에도 굴하지 않고 비교적 싱싱한 모습의 머루가 반갑고 신기하다. "아이 기특해라!" 줄기가 일 년 새 몰라볼 만큼 실하게 자라 두 송이의 앙증맞은 머루를 달고 있다. 알알이 선명한 머루가 어린 아이 눈동자를 닮았다. 처음 지인으로부터 분양을 받아 가지고 왔을 때는 작은 잎 몇 개와 연약한 곁가지 몇 개를 갖고 있었다. 콩 이랑 끝에 심어놓았는데 잊어버리고 그냥 콩 줄기처럼 여기며 지나쳤다. 눈에 잘 띄지 않을 만큼 여린 것을 제대로 돌보지 않고 소홀했던 것 같아 미안한 생각이 든다. 머루는 땅속 깊이 제대로 뿌리를 내렸는지 가뭄에도 비교적 싱싱함을 유지하고 있다. 콩밭에서 주인의 아무런 보살핌도 없이 힘들게 자랐는데도 열매를 맺을 수 있는 것은 머루가 야생성을 가지고 있기 때문일 것이다. 야생성은 어렵고 힘든 과정을 겪어야 길러진다. 나도 새댁 시절 야생의 세월을 보내야만 했다. 내가 살아온 곳과 전혀 다른 곳에서 낯선 시댁 식구와 화합을 해나가는 과정은 그야말로 눈물 나는 과정이었다. 그래도 무던히 참고 잘 견디었다. 이곳으로 옮겨진 저 어린 머루도 나와 같은 과정을 겪었으리라 생각하니 유난히 정이 간다. 내일은 물을 한 바가지 갖고 와서 특별 선물을 주어야겠다.

오늘은 남편과 함께 산속으로 버섯이나 야생열매들을 만나볼까 하는 마음으로 산행을 시작했다. 얼마쯤 올라갔을까, 버섯은 눈에 띄지 않고 가시덤불이 앞길을 막는다. 머루, 다래 같은 열매가 혹시 있을지도 모른다는 기대로 조금씩 깊은 산속으로 들어갔다. 옛날 어렸을 때는 마음 놓고 따먹을 수 있는 맛있는 열매들이 철따라 많이 달려 있었던 것 같아 좌우로 두리번거려보지만 온통 가시와 칡넝쿨들뿐이다. 이제는 제법 깊숙이 들어온 것 같아 은근히 겁이 나기 시작하여 이제 그만 돌아가자는 말이 저절로 나왔다. 가시덤불도 덤불이지만 혹시 뱀이라도 만나면 어떡하나 생각을 하니 발걸음이 자꾸 망설여진다. 그러다가 남편과 거리가 멀어졌다.

가시덤불에 옷자락이 엉켜 한참동안 씨름을 하다가 우연히 우리 밭에서 본 머루의 잎과 비슷한 풀잎을 발견했다. 잎 하나를 발견하니 넝쿨을 따라 주변에 머루넝쿨의 잎이 무성한 것을 발견했다. 머리 위를 바라보니 아직은 약간 설익은 머루가 여러 송이 탐스럽게 달려 있는 게 아닌가. 얼마나 반가웠던지 "심봤다"하고 외칠 뻔했다. 남편에게 큰 소리로 소리쳤다. "여보! 여기에 머루가 엄청 많아요. 빨리 와 봐." 남편은 반신반의하면서 다가오는데 남편도 무성한 덤불 때문에 빨리 다가오는 것이 쉽지 않다. 한참 만에 도착한 남편은 자신도 그냥 지나쳐버린 머루를 내가 어떻게 발견했는지 신기해 한다. 그런데 좀 높은 곳에 머루가 달려 있어 덤불을 전지가위로 제거하고 줄기를 억지로 당겨 내린 뒤에야 머루를 딸 수 있었다. "야, 오늘 횡재를 만났네!"

자연은 우리들에게 모든 것을 아낌없이 준다. 사람들은 자신의 욕심을 채우기 바빠 자연을 훼손하며 살지만 자연은 끊임없이 본래의 모습으로 돌아가려는 노력을 그치지 않는다. 그래서 자연 속에서 사는 사람들은 선하면서도 끈질긴 생명력을 가지게 되나 보다. 오늘 머루를 따는 과정도 그랬지만 세상에 공짜는 없다. 힘든 과정을 거쳐야 나에게 소중한 것이 돌아온다. 콩밭에 심어둔 머루와 산에서 온갖 가시덤불에 긁히며 얻은 머루가 나에게 새로운 용기와 생기를 주는 계기가 된 것 같다. 콩밭의 머루가 잘 자라서 싱싱한 머루를 한 광주리 따서 온가족이 나누어 먹는 그날을 꿈꾸어 본다.

묵은 깻대를 태우며

    푸석하게 언 땅 위에 바싹 마른 깻대가 널브러져 있다. 앙상한 모습이 젊은 청춘을 보내고 이제는 쓸모가 다한 마지막 삶을 말해 준다. 한겨울 눈비를 맞아 검게 변했지만 아직은 이 밭의 주인이라고 우기고 있는 것 같다. 이제 새로운 세대를 위해 모든 것을 내려놓아야 할 시기가 다가왔다. 깻대를 군데군데 모아 불을 붙였다. '우지직, 투두둑, 따다딱' 요란한 소리를 내며 붉은 불꽃이 춤을 춘다. 그들의 마지막 향연을 바라보는 나의 마음도 차분해진다. 작년 가을 들깨 타작을 하면서 알뜰하게 털어 내었지만 그래도 죽정이 속에 남아 있는 들깨 알갱이가 톡톡 소리를 내며 불꽃을 더 화려하게 만든다. 고소한 냄새가 산자락을 따라 번져 나간다. 사람이 죽어 화장을 하면 악취를 남기지만 깻대는 그동안 얼마나 많은 선행을 하였는지 고소한 냄새를 남겨 스스로의 마지막을 장식하고 있다. 자연은 이렇듯 다시 자연으로 돌아가는 과정도 아름답다. 타고 남은 재는 올봄 또다시 들깨를 심을 때 밑거름이 될 거란 생각에 불현듯 어머님 생전의 모습이 떠오른다. 어머님도 한세상 자식을 위해 살다가 떠나셨다. 이제는 내가 아이들에게 자양분이 되어야 하는데, 나는 무엇을 남길 수 있을지 살아온 세월이 무심하게 느껴진다.

"들깨가 진짜로 보약인겨! 고깃국이 무슨 대수라고." 어머니는 평소 음식을 만드실 때 들기름을 주로 사용하시고 볶은 들깨를 갈아 국에 풀어놓곤 하셨다. 늦가을 한가해지면 밭으로 나가 다 털고 남은 빈 깻대를 이리저리 뒤적이며 몇 알씩 남아 있는 깻송이를 부지깽이로 툭툭 두드리셨다. 나중에 집에 오셨을 때는 바가지에 들깨가 가득 담겨 있었다. 좋은 것은 장에 내다 팔고 이삭으로 털어 오신 들깨는 가족들이 먹는 음식용으로 사용하셨다. 나는 그것이 얼마나 되는데 궁상을 떠느냐고 구시렁대기도 했지만, 내가 직접 농사를 지어보니 그 마음을 알겠다. 나중에 엄마처럼 살지 않겠노라 시간 날 때마다 다짐을 했지만 세월이 흐르면서 어쩔 수 없이 어머니를 닮아가고, 어머니를 따라하고 있는 나를 발견하게 된다.

겉은 푸석하지만 땅속은 아직도 단단하다. 삽질 괭이질 하는 소리가 고요한 밭이랑에 가만히 울려 퍼진다. 차가운 바람에도 목덜미 땀이 송골송골 맺힌다. 땅의 힘과 하늘의 기운을 받아 올해도 들깨가 무럭무럭 자랐으면 좋겠다. 작년과 달리 올해는 좀더 꼼꼼하게 간격을 맞추어 심어보리라. 모종을 심을 때 세 포기씩 깻잎의 키를 맞추어 심고 뿌리는 조금 깊게 심어 가뭄에도 잘 견디게 하리라. 흙을 가끔 뒤집어주어서 뿌리가 숨을 잘 쉴 수 있도록 해주고 잡초가 자라지 못하게 가꾸어주리라. 키가 어느 정도 자라면 큰 깻잎을 따서 반찬으로 사용하되 순을 적당하게 남겨주어야 한다. 그래야 가지가 벌어지면서 깻송이가 많이 달린다. 얼마 뒤 깻송이에 작고 하얀 꽃잎이 하늘을 향해 미소를 지으리라. 윙윙 벌들이 수정을 해주려고 모여들겠지. 들깨 송이가 여물고 난 뒤 가을 찬바람이 불어 깻잎이 듬성듬성 단풍잎으로 변하면 들깨는 단단히 익어가겠지.

들깨는 우리 음식에 한약방 감초처럼 두루 쓰인다. 보양식에도 들깨가루가 들어가지 않으면 맛이 밍밍해진다. 추어탕이나 감자탕을 끓일 때도 들깨가루를 얹어서 먹는다. 머위 나물을 할 때도 거피를 낸 들깨를 넣어 볶으면 고소하고 향기로운 들깨의 향미가 미각을 돋운다. 그뿐이랴! 들기름과 가장 궁합이 잘 맞는 것은 묵나물 무칠 때가 아닐까. 묵나물에 갓 볶아 짠 들기름을 듬뿍 넣으면 그 향기만으로도 입에 침이 고인다. 설 명절이나 추석 차례 상에 올릴 전을 부칠 때는 들깨 기름을 팬에 살짝 두르고 지지면 다른 기름과는 비교가 되지 않는다. 전의 색깔도 곱고 향취로 인해 격이 다르다고나 할까?

어머님이 농사지으실 적에는 참기름은 나물 무칠 때 아껴가며 넣고 들기름은 볶음 요리할 때 아까운 줄 모르고 주르륵 부어가며 마음 놓고 넣었었다. 막상 내가 들깨농사를 짓다보니 이제는 참기름보다 들기름을 더 아껴가며 사용하게 되었다. 깻대를 태우며 이런 저런 생각에 잠기는 즐거움도 그 어느 것과 바꾸고 싶지 않은 행복이다. 가을에 알찬 수확을 기대하는 마음에 깨밭을 일구는 일손이 마냥 흥겹다.

고구마

새벽 댓바람을 맞으며 밭을 향해 부푼 마음을 한아름 안고 달려 간다. 2년 차 초보 농부로서 올해엔 야심차게 고구마 농사를 해보 려고 모종을 심었다. 밭이랑에 걸터앉아 튼실해진 고구마를 한아 름 캘 기대에 가슴이 콩닥거렸다. '굵직한 넝쿨을 봐서도 주먹만큼 은 될 거야!' 줄기를 걷어 제친 후 흙을 파는 손길이 떨린다. 빨간 줄기가 뻗어 간 곳을 따라 파들어 갔다. "아니, 이게 뭐야?" 두 포기 를 캐보았지만 고구마는 한 개도 안 달려 있고 약간 도톰해진 뿌 리들만 길게 뻗어 있는 게 아닌가. 허탈했다. 그 어렵다고 하던 콩 과 깨 농사도 첫해부터 잘 지어내었는데 쉽게 생각했던 고구마 농 사는 아무래도 망친 것 같다. 왜 이렇게 되었는지 아무리 생각해도 이유를 알 수가 없다. 고구마 모종을 심을 시기에 가물어서 남들보 다 여드레나 늦게 심었는데 그것 때문인가? 아니면 고구마 모종을 한 단 사다가 밭이랑에 놓고 심다보니 벌써 잎과 줄기가 시들어버린 것을 심었는데 그때의 후유증으로 제대로 자라지 못한 것인 가? 거기에다 비도 많이 내리질 않아 힘들여 바가지 물을 퍼다 날 랐는데 그것으로는 부족했던 것인가. 이런저런 이유를 찾아보지만 싱싱한 줄기에 비해 고구마가 달려 있지 않아 서운한 마음이 앞선 다. 한참 동안 바라보다 새로이 용기를 찾아야 했다. '그래, 내년에 는 시기와 물을 잘 맞추어 제대로 키워보리라!' 손을 털고 일어서 서 집으로 와버렸다.

다음날 새벽시장에 가보았다. 고구마 한 상자에 이만 오천 원 한 다. 구석진 모퉁이에 노인 한 분이 굵은 것은 다 팔고 찌지레기만 남았다며 떨이로 칠천 원만 주고 모두 다 가져가라고 한다. 살까 말까 한참을 망설이다가 자존심이 상해 그냥 집으로 돌아왔다. 고 구마 생각을 하면 군침이 입안에 고인다. 어린 시절 어머니가 무쇠 솥에서 찐, 김이 모락모락 나는 고구마는 참 맛있었다. 때로는 새 참으로 먹고 때로는 끼니 대신 먹기도 하였다. 그러나 고구마 맛 은 뭐니 뭐니 해도 한겨울 밤에 화롯가에서 석쇠를 얹어 구워 먹 던 군고구마 맛이 최고였다. 고구마 범벅을 생각하면 어머니가 떠 오르기도 한다. 고구마가 주식에 가까울 정도로 많이 먹었던 그 시 절이 애잔하게 되살아난다.

한 달 후 남편과 밭이랑에 다시 앉았다. 심어서 가꾼 공이 아까 우니 작은 고구마 몇 개라도 건져보자는 심산이었다. 그것마저도 없으면 줄기를 모두 걷어내고 마늘농사를 준비하자는 마음이었다. 그런데 호미질을 하다가 깜짝 놀랄 일이 벌어졌다. "어머나! 이것 보세요." 남편을 급히 불렀다. 고구마 넝쿨을 걷고 있던 남편이 웬일인가 쳐다보는 데 나는 토실토실한 고구마가 여러 개 달려 있는 줄기를 남편에게 보여 주었다. 분명 한 달 전까지 엄지 손가락만한 고구마도 없었는데 그새 어린이 주먹만큼 자란 고구마들이 줄줄이 달려 있었다. '언제 이렇게 자랐을까?' 신기한 마음으로 애지중지 조심스럽게 고구마들을 캐기 시작했다. '이럴 줄 알았다면 좀 넉넉한 종이상자를 갖고 올걸.' 가져온 작은 상자는 금방 가득 차고 넘쳤다. 제법 큰 상자로 두 개가 넘을 만큼 고구마 풍년을 맞이한 듯 수확의 기쁨에 시간이 가는 줄도 몰랐다.

고구마는 넝쿨을 뻗어 자라는 시기가 있고 뿌리와 잎을 통해 빨아들인 영양분으로 고구마를 키우는 시기가 따로 있었던 것이었다. 그것을 모르고 넝쿨이 무성하니 틀림없이 커다란 고구마가 주렁주렁 달려 있을 것이라고 짐작했던 것이 잘못이었다. 농사는 가꿈과 기다림이 있어야 제대로 된 농사를 지을 수 있다는 말을 직접 몸으로 경험하였다. 이제 한 번 경험을 했으니 내년에는 좀 더 크고 맛있는 고구마를 키워낼 수 있겠지.

내가 새댁 시절 시어머님이 고구마로 항상 만드시는 음식이 있었다. "어미야, 묵을 쑤어야겠다."라고 하시며, 캐는 과정에 상처 난 고구마를 모두 골라내었다. 그것들을 깨끗이 씻은 다음 숭덩숭덩

썰어 절구에 넣고 절굿공이로 곱게 빻아서 앙금을 가라앉혔다. 윗물을 조심스럽게 여러 번 따라내면 하얀 앙금이 남는데 그것을 다시 물을 조금 부은 다음 옅은 불에 천천히 끓이면 찰랑찰랑한 묵이 되었다. 어깨 너머로 보았던 그 고구마 묵을 이 가을에 내 손으로 정성 들여 쑤어봐야겠다. 청포묵처럼 찰랑대는 고구마 묵은 어머님이 물려주신 조그만 선물이다. 당신의 허리가 다 휘도록 산허리를 다 파서 일군 넓은 밭과 그 둔덕에 있는 오래된 뽕나무 한 그루가 오늘따라 보고 싶다.

3
부

새벽 재래시장

철쭉 꽃 피는 봄동산 에서
오늘 만은 봄꽃이고 싶어
추억 속에 옛님을 생각 하며
빙긋이 웃음 짓는 여유

활력 넘치는 새벽, 나는 언제부터인가 그곳에서 아침을 시작하곤 했다.

집에서 10분 거리에 재래시장, 일명 '도깨비시장'이 있다.

도깨비라는 이름이 참 재미있다.

새벽에 잠깐 장이 섰다가 9시가 되면 그 왁자지껄하던 좌판들이

도깨비처럼 흔적도 없이 사라지고 평범한 골목으로 되돌아간다.

한때는 '깡통시장'이라고 하다가, 그 다음에는 '도깨비시장',

지금은 '새벽시장'이란 말로 명칭이 순화되었다.

꼭두새벽이지만 도깨비 시장에 모여드는 사람은 펄펄 넘치는

삶의 활기에 힘을 얻는다.

거기에다 아침이기 때문인지 모두들 후한 인심과 정감이 오가는 분위기다.

그곳에서 아침 반찬거리를 사 오면 하루가 즐겁고 마음이 풍요로워 진다.

조당숙

탐스럽게 익은 조이삭을 만지작거리다 불현듯 떠올랐던 것이 조
당숙이다. 이제는 아련한 추억의 음식이 되어버려 한동안 잊고 살
았다. 가을의 풍성함을 대표하는 곡식 중에서 조 이삭만한 것도 드
물다. 노랗게 잘 여문 조이삭은 머리가 무거워 고개를 한껏 숙이고
있다. 사람이나 곡식이나 익을수록 고개를 숙인다는 말은 조이삭
을 보면 이해가 쉽다. 그렇게 탐스럽게 익은 곡식을 참새들이 가만
히 둘 리가 없다. 그래서 농부들은 촘촘한 그물망주머니를 씌워서
찰랑찰랑하도록 익힌다.

잘 익은 조 이삭 한 개를 따서 하나씩 세어 보았더니 작은 송아
리가 백여 개쯤 달리고 그 작은 송아리 속에 스물아홉 개의 알갱
이가 달려 있었다. 참깨 알보다 작은 좁쌀 하나에서 몇십 배, 아니
몇백 배가 넘는 좁쌀들을 거둔다. 그만큼 조는 심은 것에 비해 엄
청난 수확이 있는 작물이다. 그래서 옛날에 조를 많이 심었다. 그

러나 조는 주로 밭의 가장자리에 심었다. 조는 아무 곳에서나 잘 자라고 키도 커서 밭의 가장자리나 다른 작물을 심고 남은 자투리 땅에 주로 심은 것이다. 농사를 짓는 사람들은 잘 안다. 흙은 절대 거짓말을 하지 않는다. 뿌린 만큼 거둔다는 자연의 철칙을 농사를 짓다보면 자연스럽게 배우게 된다. 그런데 조는 적은 노력으로도 많은 수확을 할 수 있으니 농사를 짓는 사람들은 조를 좋아할 수밖에 없었다.

그러나 아버지는 그마저도 잘 하지 못하셨다. 농사일은 뒷전이고 마을에 글을 모르는 사람들의 편지 대필이나 문서 같은 것을 봐주시곤 하셨다. 농민이었지만 농사는 잘 모르는 사람이었던 셈이었다. 그 때 나의 생각으로는 손쉬운 조를 많이 심었으면 했지만 아버지는 그러질 않으셨다. 조를 많이 심기를 바랐던 것은 순전히 조당숙 때문이었다. 훅 불면 밥알이 날아갈 것 같이 거칠었던 깡조밥도 맛있었지만 조당숙은 별식처럼 먹는 음식이었다. 그 시절 양식이 귀할 때라고는 하지만 유독 가난했던 우리 집은 산나물 죽만 먹다가 조당숙을 먹어보니 어쩜 그렇게도 맛이 있던지……

외출에서 돌아오신 아버지 손에 좁쌀 한 됫박이 들어 있을 때는 벌써 저녁이 기다려지곤 했었다. 평생 입에 착착 달라붙는 구수한 노란 죽을 먹으며 살고 싶었다. 지금 생각해보면 왜 그렇게 조당숙이 맛있고 매일매일 그것만 먹었으면 좋겠다고 생각했는지 마음이 애잔하다. 조당숙을 먹은 그날 밤에는 달님에게 기도를 하곤 했다. "달님, 매일 같이 이렇게 맛있는 조당숙을 먹을 수 있게 해주세요." 오죽하면 보름달도 아닌 초승달을 바라보며 어린 고사리 손으로 무릎을 꿇고 간절히 빌었을까.

몇 해 전 일이다. 고종사촌 오빠에게서 전화가 왔다. 고모님이 아픈데 조당숙을 먹고 싶어 하신단다. 지금은 곡식이 귀해서가 아니라 그것을 쑤어먹는 사람이 없어 특별한 음식이다. 아마 고모님은 옛날 생각이 나서 그런 것 같았다. 조당숙보다 훨씬 맛있고 영양가가 높은 죽들도 많은데 굳이 조당숙이 먹고 싶다고 하신 것은 옛날에 맛있게 먹었던 기억을 못 지웠거나 돌아가신 부모님이 그리워 그런지도 모르겠다.

시장에 가서 잘 익은 차조와 메조를 됫박으로 사서 고모님 집으로 달려갔다. 먼저 바가지에 박박 문질러 껍질을 떨어낸 다음 약한 불에 올려 천천히 끓이기를 시작했다. 조 알갱이가 뭉근해지기를 기다려 국자로 알갱이가 으깨어지도록 슬슬 저어가며 죽을 만들었다. 중간 중간 간을 맞추며 한동안 저었더니 특유의 노랗고 구수한 조당숙이 완성되었다. 아무래도 옛날의 그 맛은 아닐 것이다. 지금은 입맛이 달라졌고 조당숙을 만드는 실력도 옛날 할머니와 어머니의 그 손맛을 못 따라가기 때문에 아무래도 조금 밍밍한 것 같았다.

아무려면 어쩌랴. 고모님은 옛날 생각 때문에 조당숙이 그리운 것일 터이니 맛있게 드실 것이다. 다행히 조당숙을 드시고 옛날의 보양식 대신 먹던 조당숙인양 그 다음 날 기운을 차리셨단다. 그것을 보고 문득 나도 한 솥을 끓여 아들 내외와 손자들에게 먹여볼까 하는 생각이 들었다. 옛날의 보양식이라는 설명을 덧붙이면 아이들이 어떻게 생각할까?

어린 시절 부산 국제 시장에서
똑순이로 불리우던 시절을 추억
속에 떠올려 보며 어린 시절
서러움을 이겨 내고 지금은 석양을
바라보며 수필이란 장느를 통해
노년의 행복을 누리는 필자

목화꽃

"야, 목화꽃이다!"

두 개의 큰 화분에 목화씨앗을 심었더니 싹을 틔우고 조금씩 자라나더니 어느새 꽃이 피었다. 처음에는 연노랑 색이었는데 그 다음날 보니 연분홍색으로 변하였다. 색깔을 살짝 바꾸며 변신해가는 모습이 신기하다. 마치 갓 시집온 새색시가 아침이 되면 색동옷으로 갈아입고 시부모에게 살포시 문안인사를 드리는 모양새다. 꽃을 보니 벌써 하얀 목화가 핀 장면을 연상하게 되고, 목화가 되기 전 달콤한 다래를 먹던 어릴 적 기억이 아련하다.

아침부터 넋을 놓고 화분을 바라보았다. 햇빛과 속삭이는 꽃의 미소가 싱그럽다. 하얀 교복을 입은 사춘기 소녀의 미소는 다양한 아름다움이 느껴진다. 옷깃에 감추어둔 알 듯 모를 듯한 사랑이 익어가고 통통한 흰 솜으로 피어날 몽실몽실한 꿈은 부드러운 바람에 긴 머리카락 날리듯 향기롭다. 옥상에서 이런저런 몽상에 잠기어 한 나절을 보내다 보면 내 영혼도 순백색으로 맑아지는 것 같다. 꽃이 사람들에게 주는 선물이다.

언젠가 손자손녀들이 목화가 하얗게 핀 것을 보고 솜꽃이라고 말했다. 열매가 영글어 터진 것을 꽃으로 본 것이다. 아이들 눈으로 보면 목화는 두 번 꽃을 피우는 셈이 된다. 그러고 보면 목화의 두 번째 꽃을 얻기 위해 사람들은 목화를 심는다. 그 꽃이 세상에서 가장 아름다운 꽃이라고 한 사람도 있다. 조선시대 어느 임금이 왕비를 간택하는 자리에서 사람의 됨됨이를 알기 위해 질문을 했다. " 이 세상에서 가장 아름다운 꽃이 무엇인가?" 이 질문에 대부분의 여인들은 모란, 장미, 양귀비 등을 말했는데 한 여인은 "목화꽃"이라고 답했단다. 그 이유는 목화에서 솜이 나오고 솜은 서민들의 따뜻한 옷이 되기 때문이란다. 얼마나 현명한 답인가? 그렇게 답을 한 여인이 왕비가 된 것은 당연지사다.

보리밥

"또 꽁보리밥이야? 그렇게도 보리밥이 좋으면 쌀은 무얼하누, 몽땅 퍼내어 뒷집 개에게 죽이나 끓여주지."

남편의 짜증 섞인 성화가 귓전을 때렸다. 그럴 때는 묵묵무답이 정답이다. 시어른과 9남매에 나를 포함하면 열두 식구가 매 끼니 쌀밥만 먹고는 살 수 없다는 것을 남편은 잘 모르는 것 같았다. 때로는 밥투정을 하다가 아예 밥을 안 먹고 무언의 시위를 할 때도 있었으니, 지금 생각하면 철없는 시절이었다. 그나마 보리밥이라도 실컷 먹을 수 있다는 것이 얼마나 복에 겨운 것인지 그 시절 남편은 잘 모르고 있었다.

시아버지는 내가 결혼 후 비탈 논 서마지기를 사들였다. 시어머니는 그 돈으로 밭을 사서 보리농사를 지으면 다 같이 풍족하게 먹고 살 수 있다고 하셨지만 시아버지는 특권으로 논을 사셨다. 그것은 며느리인 나에게 쌀밥을 먹이고 싶은 시아버지의 속 깊은 배려이셨다. 실제로 그해 가을엔 보리알이 안 섞인 쌀밥을 먹을 수 있었으나 대식구가 계속 쌀밥을 먹기에는 논 서마지기로는 턱도 없었다. 결국 겨울이 다가오자 쌀에다 보리를 섞어서 밥을 지을 수밖에 없었는데 쌀밥에 맛을 들인 남편은 수시로 보리밥 투정을 늘어놓는 것이었다.

나는 어릴 때부터 보릿고개가 얼마나 힘든 고개인지 경험으로 잘 알고 있었다. 오죽하면 학교 갔다 돌아오는 길에 채 익지도 않은 시퍼런 풋보리를 어른들 몰래 따다 먹은 적이 있었겠는가. 풋보리를 무쇠 솥에 살짝 쪄내어 맷방석에 싹싹 비벼 껍질을 벗겨내면 그런대로 먹을 만한 간식거리가 되었다.

지금 젊은 사람들에게는 상상조차 어려운 일을 우리 세대는 일상인 것처럼 여기며 살았다. 그렇게 배고픔을 뼈저리게 경험한 사람들은 지금처럼 풍족한 시절에도 음식을 함부로 대하지 않는다. 옛날 가난했던 시절의 기억이 그냥 부질없는 추억이 아니라 검소하고 아끼며 작은 것 하나라도 나누어 먹으려는 습관이 몸에 배이게 된 것이다.

보리밥은 거칠거칠하여 먹기에도 거북스러운 점도 있지만 근기가 없어 숟가락을 놓고 돌아서면 금세 배가 고팠다. 남는 것은 허풍스러운 뱃속 가스뿐이었다. 언젠가 서울에 사는 사촌 언니 집에 갔을 때였다. 오래간만에 별미로 보리밥을 해먹는 날이란다. 요즘 같은 쌀밥 세상에 그렇게 싫어했던 시커먼 보리밥이 더 귀한 대접을 받는 것이 왠지 모를 즐거움이었다. 쌀밥보다 훨씬 맛있게 저녁을 먹고 둘러앉아 도란도란 이야기꽃을 피우고 있었는데 자리에서 일어나려다 실수를 하고 말았다. 약간 어수선하기는 했지만 그래도 그 소리는 분명하게 들렸다. "뽀~옹!" 순간적으로 당황한 나는 얼굴이 화끈했다. 이때를 놓치지 않고 형부가 하는 말. "처제, 들었지? 그런데 이건 신호탄일 뿐이야! 조금 있으면 연발탄이 발사될걸? 저 사람은 보리밥만 먹고 나면 '뽕!' '뽕!' 아주 가관이라니까." 그 말에 당황스럽기도 하고 웃기기도 하여 또 다른 실수를 하고 말았다. 형부는 가스탄의 범인이 나라는 것을 알고 순간적인 기지를 발휘하여 웃어넘기자고 한 말인지, 아니면 진짜 언니의 방귀로 잘못 알고 있었는지는 잘 모르지만 한바탕 웃음폭탄이 터진 즐거운 밤이었다.

남편은 아직도 보리밥을 좋아하지 않는다. 6·25 전쟁이 끝나고 집집이 쌀 한 톨이 없어 시래기 죽으로 연명하던 시절에도 할아버지와 함께 하얀 쌀밥을 먹었다고 한다. 일곱 명의 여동생들은 죽도 넉넉하게 못 먹었지만 장남이라는 이유로, 아들이라는 이유로 특별한 대우를 받고 자랐단다. 남편은 그렇게 살아온 시절이 그립겠지만 한평생을 같이 살아온 나는 그것이 못마땅하다. 온상에서 곱게 자란 쌀밥 인생이기 때문이다.

그것에 비하면 나는 보리밥 인생이다. 보리는 어린 싹으로 추운 겨울을 견디고 봄이 되면 사람들이 발로 꾹꾹 밟기까지 하지만 끈질긴 생명력으로 파룻파룻 자란다. 그뿐만 아니다. 유월의 뜨거운 햇볕을 참고 견디어야만 여문 보리알로 수확기를 맞이하는 것이다. 쌀밥 남편과 보리밥 아내가 만났으니 어쩌면 천생연분이라고도 할 수 있다. 하지만 보리밥 아내의 속은 늘 가뭄에 타들어가는 보리밭이었다. 다행히도 세월이 흘러서 되돌아보는 나의 보리밥 인생은 힘들었지만 나름대로 뿌듯함이 있다. 요즘은 그 맛에 산다. 그래서 요즘은 지룩한 꽁보리밥 맛이 유난히 구수하다. 소화가 잘 되어 속도 편안하다. 아직도 쌀밥만 고집하는 남편에게는 따로 밥을 짓고, 나는 나대로 보리밥을 지어 즐기고 있다. 다행히 아이들도 가끔 먹는 보리밥이 더 맛있다고 해서 쌀밥보다 보리밥이 우리 집에서는 더 인기가 높고 힘이 세다.

물총새 친구

오늘은 내가 너무 빨리 온 것일까? 여름을 재촉하는 뿌연 물안개로 옷깃을 적시며 산속 계곡물에 발을 담그고 물장구를 치며 인기척을 내어보지만 녀석이 아직 보이질 않는다. 가족들에게 무슨 일이 생겼나, 아니면 내가 싫어져서 떠나버렸나? 그냥 재미있으라고 장난을 친 것일 뿐인데…. 도무지 알 수 없는 일이다. 어제 오후까지 서로 눈 맞춤하고 손짓 발짓 해가며 온종일 같이 지내고 눈인사도 모자라 손을 흔들며 헤어졌는데, 벌써 몇 시간째 나타나지 않는다. 파란색이 감도는 은빛 깃털이 벌써 그립다. "친구야 돌아와." 말로는 못 알아들을 것 같아 새소리를 흉내내어 보기도 했다.

몇 시간이 지났는지 모른다. 어쩌면 반나절이 훌쩍 지났는지도 모른다. 그래도 할 수 없었다. 첩첩산중에서 놀아줄 친구 하나 없는 나는 그 녀석이 굴속에서 나올 때까지 먼산만 바라보며 기다렸다. 온몸에 힘이 쭉 빠졌다. 유일한 여름 한철 내 친구, 어느새 개울물에 눈물 한 방울이 떨어졌다. 영영 안 나오려나?

　어제 오후의 장난이 약간 심했나 보다. 그 덩치에 어울리지 않게 작은 피라미 한 마리를 삐쭉한 입에 물고 공중 곡예를 하며 내 주위를 맴돌았다. 그러다 별안간 내 머리 위에 똥을 '찌직' 싸기도 하고 요란스레 날갯짓을 하는 모습이 나에게 자랑하는 것이 아니라 나를 놀리는 것 같기도 했다. 나도 그만 장난기가 발동하여 조그맣고 동그란 돌멩이를 던졌는데 그게 그만 부리에 명중하여 입에 물고 있던 물고기를 떨어뜨리는 계기가 되고 말았다. 맛있는 먹이를 떨어뜨린 것도 아깝지만 자기한테 돌멩이를 던진 것에 화가 났는지 뒤를 돌아보지도 않고 곧바로 날아가 버렸다. 화가 많이 났으면 차라리 나에게 똥이라도 '찌직, 찌지직' 더 싸고 갈 것이지, 바보 멍청이 같이 그냥 가 버리면 나는 어쩌나? 내가 자기를 얼마나 의지하고 있는데, 왜 그것을 모른담. 나는 너의 아름다운 깃털과 예쁜 날갯짓에 빠져 온종일 집에도 못 가고 같이 놀아주었는데….

　서로 말은 안 통했지만, 손짓 발짓 몸짓으로 웬만한 소통을 나누지 않았는가. 서로에게 의지하여 외로움과 서러움을 털어낼 수 있지 않았던가. 그렇게 친하게 지냈는데 한 번의 장난으로 헤어지다니, 이건 아니다. 어디 있을까 빨리 왔으면 좋겠다.

　간절한 마음이 그녀에게 들렸는지 반응이 왔다. "푸드득, 쏙~"

　"왔다! 이제야 왔군!" 반가움도 잠시, "나쁜 녀석!" 내 속이 얼마나 상했는지 알아보지도 않고 금세 다시 굴속으로 쏙 들어가서 또 다시 기척이 없다. 한참 시간이 지난 후에야 모든 것을 포기하고 쓸쓸히 앉아 있는 내 어깨를 툭툭 건드리며 나타났다. 이번에는 좀 밝아진 표정이다. 공중을 빙빙 돌며 눈치를 살피는 모양새가 나의 사과를 받아들이는 것 같기도 하다. "물총새야 내가 잘못했다. 다시 재미있게 놀자, 응?"

어릴 적 아무도 의지할 수 없는 환경에서 자랐다. 가세가 어려워지자 살던 집을 팔고 윗대부터 내려오던 산속의 산지기 집에서 살게 되었다. 어머니마저 돌아가신 후이라 나는 혼자 외로운 생활이 계속되었다. 아버지가 아침에 마을로 내려가시면 텅 빈 집을 어린 내가 지켜야 했고 밤이 이슥해서야 아버지께서 돌아오셨다. 누구 한 사람 나를 돌봐주거나 같이 있어줄 사람은 없었다. 인근의 마을은 40리를 가야 대장리라는 좀 큰 마을이 있고, 작은 동네인 샘말은 20여리를 가야 하는데 어린아이 걸음으로는 엄두도 내지 못했다. 그래서 나는 동무들과 어울려 노는 법을 몰랐다. 그 흔한 고무줄놀이도 나는 할 줄 몰랐다. 그래서 알게 된 것이 개울가 바위 위에서 만난 물총새 친구였다.

내 속을 새카맣게 태운 것을 알아차렸는지 이제는 여느 때보다 더 많은 재롱을 떤다. 머리 위와 어깨에도 내려앉아 발가락으로 안마를 하듯 자근자근 밟아주기도 하고, 삐죽한 주둥이로 머릿속 이를 찾는 것처럼 뒤적여주기도 하였다. 그 시절에는 어린애들의 머리에는 '이'가 유난히 득실댈 때였다. 이를 잡으려 머리카락을 뒤적여 주는 그 친구의 몸짓이 엄마의 손길 같다는 생각마저 들었다. 말이 필요 없는 친구였다. 하루라도 그 친구를 못 보면 밥이 안 넘어갈 정도로 서로 의지하며 지냈다. 그러나 겨울에는 멀리 날아가야 했다. 그래서 겨울이 다가오면 나는 늘 불안감에 떨어야 했다. 그 친구가 언제쯤 날아갈까 조마조마해 하면서 개울가를 찾았다.

물총새도 나를 친구라고 여기고 있었을까? 아니면 내가 예뻐하니까 그저 놀이삼아 같이 시간을 보낸 것에 지나지 않았을까? 그러나 그것은 중요하지 않았다. 나에게는 친구를 넘어 오빠처럼, 엄마처럼 정을 나눌 그 누군가가 필요했고 사, 오 년을 그렇게 지냈던 여름이 지금도 꿈처럼 그립다. 세찬 바람이 불면 먼 길을 가야 하는데 날갯짓 하다가 깃털 하나라도 빠지면 추워서 어떻게 하나. 날아가다가 눈보라를 만나면 어떻게 할까 등 걱정스레 바라보던 마음이 지금 내가 자연을 좋아하는 계기가 되었다. 아픈 기억인데도 그때가 그리운 건 왜일까?

빙벽 타는 사람들

　사진반 친구와 함께 충북 영동군 용산면에 있는 국내 최대의 인공 빙벽훈련장으로 사진을 찍으러 갔다. 이번에는 꼭 멋진 작품을 한번 찍어보리라 굳게 다짐하고 갔다. '제6회 충북도지사배 영동 국제빙벽대회'라는 애드벌룬이 하늘 높은 곳에서 우리를 맞이하였다. 대회가 열리는 곳은 바위 절벽에 금강의 지류인 초강천의 물을 수중모터로 끌어올려 만든 40~90m 높이의 얼음벽. 나는 멋진 사진 작품을 건지고 싶은 욕심에서 이곳을 찾았지만, 처음 보는 풍경에 눈이 휘둥그레져서 사진 찍을 생각보다는 구경하느라 정신이 없었다.

　이미 대회는 시작되어 많은 선수가 거미처럼 빙벽을 오르고 있었다. 이번 대회에는 국내 선수 외 미국, 캐나다, 호주 등 6개국의 외국인 선수들도 참가하였다고 한다. 초급자, 중상급자, 상급자들이 오를 코스의 이름이 사과봉과 배봉, 호두봉, 포도봉으로 영동에서 재배하는 과일 이름으로 명명되어 더욱 정감이 갔다.

모르긴 해도 빙벽 타기는 다른 어떤 운동보다 더 강인한 정신과 체력이 있어야 하는 스포츠일 거다. 바위처럼 단단하지만 미끄럽기 그지없는 빙벽을 타는 것은 자연을 상대로 싸우는 도전의 본보기다. 도전은 열정이고 열망이다. 체력의 한계를 뛰어넘어보고자 하는 열망! 그 뜨거움과 젊음이 한없이 부럽다. 차가운 얼음 빙벽을 오르면서 구슬땀을 흘리는 저들은 순간순간 얼음을 밟고 올라가야 한다는 생각 외에 아마도 아무런 생각이 없을 것이다. 나는 저들을 바라보면서 무엇에 얻어맞은 것처럼 멍해진다. 지금 나는 사진을 찍으러 왔다가 나의 본분은 온데 간데 없어지고 멍하니 저들만 쳐다보고 있다.

대회에 임하는 등반자들의 거친 숨소리와 열정이 추위를 녹인다. 그들이 빙벽 위로 한발 한발 옮길 때마다 가슴이 졸여서 사진기의 셔터를 누르는 손은 떨리기만 한다. 빙벽 타기는 암벽타기 하듯 보조 밧줄로 안전장치를 하여 안전사고 예방을 철저히 한다. 두 명이 한 조를 이루어 줄을 걸어 떨어지지 않기 위하여 안간힘을 쓴다. 빙벽을 콕콕 찍으며 한 발짝씩 오를 때마다 짜릿함을 느끼리라. 그럴 때마다 그들은 용기가 더욱 솟아날 것이다. 내 손에 사진기는 덜덜 떨리기만 한다. 주객이 전도되었다.

여기저기서 망원경으로 그들을 살핀다. 영하의 추운 날씨지만,

저들의 이마엔 땀이 송골송골 배어 있을 것이다. 한쪽 다리를 이용하여 잠시 쉬면서 얼음의 상태를 파악하기 위해 손과 발로 더듬는 침착한 모습에서 나는 세상살이의 침착한 방법을 배운다. 어려움에 부딪치더라도 침착하라 일러준다.

마치 거미처럼 오르는 등반 자들의 한발 한발의 움직임이 절박함으로 다가온다. 손과 발의 움직임에 그들의 생명줄이 달려 있다고 생각하니 나도 모르게 진땀이 난다. 그들이 자기 자신과의 외로운 싸움에서 꼭 승리하기를 기원한다. 모두가 이기기를 빌어본다. 그렇다. 완주한 이들은 모두가 진정한 승리자이리라. 나도 언젠가는 승리자가 되리라.

가파르면서도 미끄러운 빙벽은 그들과 어우러져 예술의 극치를 이룬다. 그들 또한 보석 같은 아름다운 얼음 위에 수놓인 한 폭의 수채화다. 능수능란하게 오르면서 선수들은 사진작가들에게 사진을 찍으라고 여유 있게 자세를 취해주기도 한다. 아! 그 느긋함과 여유. 아마 그들은 빙벽을 타는 것이 즐거운 오락처럼 느껴지나 보다. 저들은 지금 저들 인생의 최고의 정점을 향해 오르고 있다고, 고지가 바로 저기라고 여유를 부리는 것은 아닐까. 너무나 부럽다.

대회장 주변을 살펴보니 지역 특산물로 가득하다. 먹을거리도 많다. 빙벽훈련장 옆에는 썰매장이 마련되어 있다. 구경 온 사람들은 가족들과 썰매를 타며 나름대로 즐기고 있다. 이 모습을 보니 어린 시절 냇가에서 가마니를 깔고 타던 추억이 떠올라 저절로 입가에 미소가 번졌다. 썰매장에서 아이들보다 어른들이 더욱 즐거워하는 모습을 바라보며 나도 덩달아 신이 났다.

아이스 클라이머들은 세상의 어떤 난관도 겨울을 이겨내는 건강한 체력으로 돌파할 용기가 있을 것이다. 그들의 도전은 냉기 어린 나의 체온에 열기를 불어넣어 온 힘을 다하여 카메라 셔터를 누르라 한다. 이렇다 할 작품이 나오지 않더라도 저들처럼 빙벽을 거침없이 오를 수 있는 능숙함을 배우려면 끊임없이 도전하라고 나에게 일러준다. 어쩌면 인생살이 자체가 도전이 아니던가. 도전의 방식만 다를 뿐 누구나 자신만의 생활 방식으로 무엇이든지 열정을 다할 때 미숙은 성숙으로 익어가리라. 그때의 빙벽타기 선수들을 평생 잊을 수 없는 영상으로 내 가슴에 남아 있다.

교장선생님 훈화

옛날 초등학교 시절 교장 선생님의 조회시간은 정말 싫었다. 매일 듣는 빤한 말이라 지루하기도 했지만 반강제성을 띠고 있어서 아이들이 더 싫어했는지도 모른다. 교장선생님은 매일 아침 교단에 올라서서 매일 똑같은 구호를 외치고 따라하도록 했다. 좋은 말도 두세 번이면 지겨워지는데 의미도 잘 모르는 딱딱한 말을 매일 반복하면서 따라하게 시켰다. 각 반 선생님들이 학생들 사이사이 다니며 감시하기 때문에 더욱 싫었던 것 같다. 혹시 입을 다물고 있는 학생은 여지없이 벌로 손바닥을 맞았다. 교장선생님의 구호는 '문맹퇴치'와 '산림녹화'였다. 그 당시에는 나라에서 중점적으로 추진하는 과제였을 것이다. 그렇다고 지식을 배워야 하는 학생들을 상대로 국가적 구호를 강요하는 것은 요즘의 생각으로는 도저히 이해가 가지 않는 일이다. 그러나 그때는 그렇게라도 해야 했나 보다.

문맹퇴치란 말은 글을 배우고 공부를 해야 하는 이유이기는 하지만 학생들에게 강제적으로 외우게 하는 것은 그럴 만한 이유가 있었던 것 같다. 당시엔 아이들이 학교 공부가 끝나고 집에 돌아가면 하나같이 집안일을 도와야 하기 때문에 공부는 늘 뒷전이었다. 쇠풀 뜯기, 토끼 돌보기도 하고 심부름이나 간단한 집안일을 쉴 새 없이 도와야 했다. 집에서 공부는 늘 뒷전이다 보니 학교에 다니면서도 글을 늦게 깨우치는 학생도 많았다. 또한 문맹퇴치는 부모님들에게 드리는 말이기도 했다. 농사철이 되면 부모님이 아이들을 몇 달씩 학교에 보내질 않는 경우도 있다 보니 사명감이 투철한 교장선생님은 매일 그렇게 외칠 수밖에 없었을 것이다. 그 당시 교장선생님의 훈화가 학생들의 귀에 딱지가 생길만큼 싫었다. 지금 그때를 생각해보면 나도 모르게 입가에 미소가 번진다. "그때를 아시나요?"

내가 초등학교 입학했을 때가 1952년이었다. 그때에는 '문맹퇴치, 산림녹화' 말고도 또 다른 슬픈 기억들이 떠오른다. 가난한 살림에 사친회비(육성회비)를 몇 달씩 밀리고 내지 못하면 싸리나무 회초리로 손바닥을 맞았다. 그럴 때마다 어린 마음에 교장선생님을 원망하곤 했다. '문맹퇴치, 산림녹화' 같은 말을 외치면서도 공부를 제대로 가르쳐주지 않는 것 같았고, 학생들의 집안사정을 고려하지 않고 손바닥을 때리게 하는 교장선생님이 정말 미웠다. 모두들 교장선생님을 향한 불만으로 꽉 차 있었다.

지금 생각해보면 그때의 교장선생님을 이해할 수 있을 것 같다. 요즘 우리나라의 산에 나무가 울창해진 건 아마도 그 당시 산림녹화를 목청 높여 외쳤기 때문이라는 생각이 든다. 식목일이 아니더라도 수시로 나무를 심고 가꾸게 하여 요즘의 맑고 푸른 산을 갖게 된 게 아닐까? 그때는 그렇게 싫었던 그 구호가 이젠 그분의 나라 사랑이었음을 알고부터 오히려 감사드리게 된다. 철없이 교장선생님께 눈을 흘기고 비판을 한 것이 죄송하다는 생각이 든다.

나는 산을 좋아한다. 복잡한 느낌이 들 때는 머릿속을 비우러 산에 간다. 깊은 산속으로 들어가면 나무, 바람, 새, 무엇보다도 맑고 청정한 공기가 나에게 친구가 되어준다. 산림녹화를 열심히 외치던 교장선생님 덕분에 지금 이런 혜택을 누리게 된 것이다. 숲속에는 나만의 꿈의 궁전이 있다. 산에 오르는 순간부터 나는 꿈의 궁전 속으로 들어가는 기분이 든다. 예쁜 꽃들이 피어 있고 물소리, 바람소리, 새소리 들으며 걸어가노라면 더없이 행복해진다. 마치 고향의 따스한 품속 같은 산은 나를 키우고 자라게 한 부모와 다름없다. 우리 주변 가까운 곳에 이렇게 맑고 깨끗한 산이 있기까지 옛날 교장선생님 같은 분들의 노력이 있었던 것이다. 지금 우리가 외치는 '자연보호'는 머지않은 미래에 우리의 자손들이 우리들을 자랑스럽고 고마워하게 될 일이다. 자연보호는 나를 지키는 일이고 미래를 건강하게 하는 일이다. 우리 모두 나서야 할 일인 것이다.

백두산 여행

　친구들과 백두산 여행길에 나섰다. 민족의 영산 백두산에 간다
는 기대와 멋진 사진을 찍어 오겠다는 의욕이 앞서 며칠 전부터
잠을 설치기까지 했다. 아직 서투르기만 한 내 사진기 다루는 실력
에 남들이 알아줄 만한 멋진 사진을 찍겠다는 것이 지나친 욕심이
었다는 것을 그곳에 도착할 때까지도 몰랐다. 백두산의 기후는 변
화무쌍하여 일 년 중 맑은 날이 그리 많지 않다고 들었다. 천지를
꼭 보고 싶은 마음에 화창한 날씨를 만나려면 꿈을 잘 꾸어야 한
다는 사람도 있었고, 기도를 열심히 해야 한다는 사람도 있어 모두
들 나름대로의 기대와 설렘으로 그날을 기다렸다. 혹시 비바람이
치면 어떻게 하나, 눈보라가 치면 어쩌나, 안개가 끼면 제대로 보
지 못한다던데, 이런 저런 생각에 백두산 날씨보다 내 마음이 더
변덕스러웠다.

중국을 거쳐 마침내 꿈에 그리던 백두산 입구에 도착했다. 세 번이나 다녀온 사람도 날씨가 고르지 못해 백두산 천지를 제대로 보지 못한 사람이 있다고 들었다. 그날의 날씨는 마침 일 년 중 며칠밖에 되지 않는다는 그날이었는지 구름 한 점 없이 맑고 화창했다. 그렇게 걱정하던 날씨가 더 없이 좋다보니 자신감과 용기가 넘쳤다. 그러나 아뿔싸, 날씨보다 더 큰 문제가 기다리고 있을 줄은 몰랐었다.

백두산 천지를 오르는 입구까지 차를 타고 올라갔으나 마지막 가파른 길은 1,236개나 되는 계단을 걸어서 올라가야 했다. 평상시 같으면 그 정도 계단이야 쉬엄쉬엄 올라가면 되었지만 그곳은 2천500미터나 되는 고산 지역이었다. 들뜬 마음에 성큼성큼 올라가다가 806계단쯤 되는 곳에서 결국 주저앉고 말았다. 가슴이 뻐근한 통증과 어질어질한 두통이 시작되더니 숨이 차고 나른해져서 발걸음이 천근만근 무거워졌다. 이런 것이 고산병이구나 하고 알게 되었지만 고통은 점점 심해졌다. 그렇다고 포기할 수는 없었다. 다섯 개를 오르고 또 쉬고 다섯 개를 오르는 식으로 한 걸음 한 걸음 올라갔다. 다른 일행보다 자꾸만 뒤로 처지는 발걸음에 마음은 급해져서 정신마저 오락가락하는 것 같았다.

중간 지점에서 또 다시 주저앉아 있으니 오늘따라 유난히 맑은 하늘이 원망스럽기까지 했다. 중간 지점에서부터 그야말로 사투를 거친 후 마지막 계단을 올랐다. 보통 사람들이 30분 걸린다는 계단을 나는 1시간 하고도 40분이 걸려서 올라간 셈이었다.

"와! 백두산 천지다." 그야말로 감동이었다. 다른 사람들은 벌써 도착하여 사진을 찍느라고 야단이었다. '아차, 나도 사진을 찍어야지' 하면서 힘들게 메고 온 사진기를 꺼내 셔터를 눌렀다. 그런데 셔터가 작동하지 않는다. 당황하여 이리저리 살펴봐도 잘못된 것은 없는데 왜 그러는지 알 수가 없었다. 일행은 벌써 시간이 다 되었다며 내려갈 준비를 하는데 나는 사진 한 장을 못 찍고 허둥지둥하고 있었다. 아무래도 사진기가 고장이 난 것 같았다. 남편도 이제 내려가야 한다고 다그치니 더욱 당황하여 어찌할 바를 몰랐다.

내 사진기로 사진 찍기를 포기하고 다른 일행들 틈에 끼어 몇 장의 사진만 찍고 하산해야 했다. 결국 힘들게 올라간 백두산 천지를 찬찬히 감상하지도 못하고, 괜찮은 사진 한 장도 찍어보지 못하고 그냥 내려오려니 씁쓸한 생각에 우울해지기까지 했다.

문득 옛날 코미디언 남보원 씨의 유머가 떠올랐다. "내래 리북에서 넘어올 적에, 비행기는 폭격을 하디요, 한강철교는 끊어졌디요, 아새끼들은 삐약삐약 울어대디요, 내래 어카면 좋을지 도통 모르갓습디다." 정말 내가 그러한 처지가 되고 말았다.

다른 사람에게는 사진기가 말을 안 들어 사진을 찍지 못했다고 말하기도 부끄러워 시치미를 뚝 떼고 내려오기에 바빴다. 내려오는 길에 잠깐 쉬면서 혹시나 하고 사진기를 다시 들여다보았다. '아이고, 이 멍청이, 바보!' 알고 보니 디지털 카메라의 전원 스위

치를 켜지 않고 셔터만 눌러댔던 것이었다. 고산병에 시달리다보니 정신이 어디로 외출했다가 다시 돌아왔나 보다. 그 사실을 알고 보니 더욱 억울하고 아까워 내려오는 내내 마음이 무거웠다. 그나마 다행인 것은 세 번을 올라가서 한 번도 온전한 백두산 천지를 못 본 사람도 있다던데 나는 한 번만에 깨끗한 백두산과 천지의 푸른 물을 보았다는 사실이었다. 그렇게 스스로를 달래가며 백두산 여행을 마쳤다.

그리고 또 한 가지. 우리 민족의 영산인데 우리 땅으로 가지 못하고 중국을 거쳐 올라야 한다는 사실이 못내 가슴이 아팠다. '이래서 통일이 필요하구나!'라는 생각을 하면서 나도 모르게 애국자가 되어 있었다. 이제 남은 소원은 북한 땅을 거쳐서 백두산 천지에 오르는 일이다. 그때는 조금 더 여유로운 시간으로 올라가 내 손으로 멋진 작품 사진을 찍어 오리라.

새벽 재래시장

활력 넘치는 새벽, 나는 언제부터인가 그곳에서 아침을 시작하곤 했다. 집에서 10분 거리에 재래시장, 일명 '도깨비시장'이 있다. 도깨비라는 이름이 참 재미있다. 새벽에 잠깐 장이 섰다가 9시가 되면 그 왁자지껄하던 좌판들이 도깨비처럼 흔적도 없이 사라지고 평범한 골목으로 되돌아간다. 예전에는 '깡통시장'이라고도 했고, 그 다음에는 '도깨비시장', 지금은 '새벽시장'이란 말로 명칭이 바뀌었다. 꼭두새벽이지만 도깨비 시장에 모여드는 사람은 펄펄 넘치는 삶의 활기에 힘을 얻는다. 거기에다 아침이기 때문인지 모두들 후한 인심과 정감이 오가는 분위기다. 그곳에서 아침 반찬거리를 사 오면 하루가 즐겁고 마음이 풍요로워진다.

장이 서는 곳에는 별다른 점포나 시설이 갖추어져 있지 않다. 그저 노상에 각자 가져온 자그마한 좌판을 펴놓고 푸성귀와 과일 등

찬거리와 군것질거리를 늘어놓는데 그 옆에 간단한 생필품을 놓는 사람도 있어 어지간한 것은 다 있다. 꼭 아침 반찬거리가 없어서가 아니라 마음이 들떠 있거나 잠이 잘 안 올 때 그곳으로 달려가면 활력을 되찾을 수 있다. 보통 새벽 4시부터 사람들이 모여들기 시작하는데 물건을 파는 사람들 대부분이 할머니 할아버지다. 짧은 시간에 이루어지는 장터라 큰돈이 오가는 건 아니지만 장사를 하는 노인들에게는 쏠쏠한 재미를 보고 있는 것 같다. 어쩌면 '새벽시장'이란 말보다 '신바람시장'이라는 말이 더 잘 어울릴지도 모른다.

자주 그곳을 들리다보니 이젠 좌판을 벌리는 사람들이 낯설지 않다. 평생을 농사를 지어 자식을 키우다 허리가 다 구부러졌지만 손주들 용돈을 버는 재미로 온다는 할머니도 있고, 조그만 텃밭에서 나는 푸성귀를 혼자 먹기에는 벅차 나누어 먹으려고 나왔다는 할머니도 있다. 이런 저런 사연으로 꼭두새벽부터 나와서 힘들게 장사를 하고 있지만, 어쩌면 저렇게 삶의 보람을 찾아가고 있는 것이 아닌가 하는 생각도 해본다. 자식들 눈에는 왜 저렇게 힘든 일을 사서 하시는가 싶겠지만 부지런하게 일을 하던 사람이 갑자기 일을 그만두면 건강이 나빠지는 경우도 있어서 그냥 지켜보는 것이 더 나을 수도 있다.

요즘 며칠째 새벽시장을 서성이었다. 무슨 마력에 끌려 나온 것일까. 아침에 잠에서 깨어나면 나도 모르게 새벽시장 한 모퉁이에 서 있다. 그러다가 혼자 웃음이 터져 나올·때도 있고 안타까운 모습에 씁쓸해하기도 한다. 일찌감치 떨이를 하고 좌판을 거두는 할머니의 입가에 번지는 미소가 아름답다. 허리에 찬 전대만큼 행복도 두둑하게 챙겨서 돌아가시는 것 같았다.

그 옆에 계신 할아버지는 8시가 다 되었는데 마수걸이를 못했다며 어두운 표정으로 멍하게 앉아 계셨다. 오늘 가지고 나온 것은 '노각'인데 오늘 팔지 못하면 시들해져서 내일은 제값을 못 받을 거라 걱정을 하고 계셨다. 그리고 무겁게 지고 왔는데 다시 지고 갈 일이 걱정이라고도 하셨다. 마음이 짠하여 내가 사줄까 생각했지만 그렇게 하다가는 도리어 내가 좌판을 벌여야 할지도 몰라서 그저 웃어넘기기로 했다.

한 바퀴 돌아 나오는 길에 안절부절 못하시는 할머니가 눈에 띄었다. 90세에 가까운 나이임에도 아직도 조그만 보따리를 들고 나오셨다. 알밤을 수북하게 쌓아놓고 계셨는데 그 옆의 밤 자루를 보니 할머니 역시 마수걸이를 못하셨나보다. 마침 생밤을 사다가 갈비찜에 넣어야겠다는 생각이 들어 한 됫박을 샀다. 9시가 다 되면 판을 걷어야 할 텐데 돌아가시는 발걸음이 그나마 좀 가벼워지실 것 같아 위안이 될 것 같다.

외국 여행을 하면 꼭 그 나라의 재래시장에 꼭 들러보라는 말이 있다. 그만큼 삶의 모습을 적나라하게 보여주는 곳이 장터이고 그곳에 나오는 물품을 통해 무엇이 특산품인지 잘 알 수 있다. 무엇보다 사람들의 활기찬 모습을 통해 여행의 또 다른 재미를 느낄 수 있기 때문이 아닐까 생각된다. 그러한 새벽시장에 우리 집 가까이 있어서 나는 행복장터 근처에 살고 있는 것이다. 내일은 또 무엇을 사고팔며 새벽장이 펼쳐질까. 기대를 하면서 집으로 돌아오는 발걸음이 가볍다.

부산 태종대 자갈 마당에서
나만의 고독을 즐기는
막막 했던 시절을 둥근 돌을
바라 보며
행복의 날개를 펼쳐 보는
오후

4
부

가을 속 동양화

청원 디지털 사진반
처음 입학 했을때의 기념 사진

꽃무릇과 같이 꽃과 잎이 만나지 못하는 식물을
상사화相思花라고 한다.
늘 서로 생각만 한다는 뜻이다.
사람도 사랑하는 사람을 보고 싶을 때 보지 못하거나
보기만 하고 가까워질 수 없으면 병에 걸리게 되는데
이병을 상사병이라고 한다.
꽃무릇의 꽃말은 '참사랑'이라고 한다.
서로가 그리워하면서도 만나지 못하는 것이
참사랑이라고 하니 무언가 잘못된 것 같지만
사랑의 본성이 정말 그런 것인지도 모른다.
'서로가 그리워하는 마음' 그것이 진정한 사랑이라고
꽃무릇은 우리들에게 깨우쳐주고 있다.

가을 속 동양화

　한여름의 끝자락도 성큼 지난 어느 가을 날 친구들과 선운사에 갔다. 차에서 내리자마자 여기저기서 환호성이다. "와! 여기가 천국이네!" 경내에 들어가기도 전부터 여기저기 꽃무릇 군락이 융단을 펴놓은 듯 흐드러지게 피어 있었다. 가끔 군락에서 떨어져 나와 한두 송이 외롭고 처연하게 핀 꽃도 있었다. 무리지어 핀다고 해서 '꽃무릇'이라는데 외롭게 피어 있거나 무리지어 피어 있거나 그 붉은 빛은 그리움을 나타내고 있는 것 같았다. 더구나 가을의 청아한 햇살이 나뭇잎 사이로 비집고 들어와 꽃무릇을 비추면 가냘픈 꽃대가 바람에 살랑인다. 멀리서 언뜻 바라보면 절 뒤편 언덕에는 연기 없는 불이 붙은 것 같기도 하다. 그것을 바라보는 사람의 마음은 여지없이 '화르르' 타들어가고 만다.

　꽃무릇 군락을 따라 걷다보면 어느덧 노랗게 물들어가는 단풍

길을 만난다. 이쯤에서는 내가 마치 그림 속으로 들어와 있는 것이 아닌가 하는 착각을 일으키기 마련이다. 한 폭의 그림 속에서는 누구나 시인이 되고, 화가가 된다. 산과 하늘, 노랗고 붉은 나무숲에 떠있는 구름다리를 지나 사람들은 선계로 들어가는 듯이 일렬로 걸어간다. 가을의 눈부신 햇살 아래 펼쳐지는 풍경을 나는 그림을 감상하듯 한참동안 바라보고 있었다.

처녀시절 부산에 살 때 일이다. 저녁나절 시장거리를 걷고 있는데 꽃을 파는 아가씨가 다가왔다.
"아가씨 꽃 사세요. 꽃 좀 사보이소."
그런데 꽃을 보니 기다란 꽃대에다 가냘프게 생긴 빨간 꽃만 달려 있어서 볼품이 없어 보였다.
"이런 게 무슨 꽃이라고? 들에 가면 지천으로 피어 있는데 누가 사겠습니까?"라고 했더니 그 아가씨는 휙 돌아서 가버렸다. 가만히 생각해보니 그 아가씨가 팔던 그 꽃이 꽃무릇이었다. 꽃무릇의 진가를 몰라본 나의 무관심과 무식을 그 아가씨는 어떻게 생각했을까. 그저 돈 벌기에 바빴던 시절의 남부끄러운 기억의 한 조각이다.

꽃무릇은 꽃이 지고 난 다음 잎이 생겨난다. 잎이 나기 전에 꽃이 피는 식물들은 많이 있다. 하지만 꽃이 질 때쯤이면 꽃의 그림자처럼 잎이 살아나 변함없이 아름다움을 내세우게 된다. 그러나 꽃무릇은 꽃이 떨어진 후에야 잎이 돋아나오니 결국 꽃과 잎은 서로 만날 수 없는 처지이다. 한몸을 이루고 있지만 서로를 만나지 못하는 것은 슬픈 일이다. 옛날 옛적에 무언가 애달픈 사연이 숨겨져 있을 것만 같다.

꽃무릇과 같이 꽃과 잎이 만나지 못하는 식물을 상사화相思花라고 한다. 늘 서로 생각만 한다는 뜻이다. 사람도 사랑하는 사람을 보고 싶을 때 보지 못하거나 보기만 하고 가까워질 수 없으면 병에 걸리게 되는데 이 병을 상사병이라고 한다. 꽃무릇의 꽃말은 '참사랑'이라고 한다. 서로가 그리워하면서도 만나지 못하는 것이 참사랑이라고 하니 무언가 잘못된 것 같지만 사랑의 본성이 정말 그런 것인지도 모른다. '서로가 그리워하는 마음' 그것이 진정한 사랑이라고 꽃무릇은 우리들에게 깨우쳐주고 있다.

붉은 꽃무리 속에 들어가 찬찬히 그들을 바라보고 있으면 어느덧 내가 가을 속으로 들어가고 있음을 느낀다. 그래서 꽃무릇은 가을의 사랑, 가을의 동화를 들려주는 꽃이다.

한낮의 질주

숲속에 동물들이 아주 평화롭게 살고 있었습니다. 그런데 어느 날 토끼가 도토리나무 아래에서 자다가 갑자기 큰소리에 깜짝 놀랐습니다. 하늘이 무너지고 땅이 꺼지는 듯한 커다란 진동을 느끼고 놀라서 정신없이 도망을 가기 시작했습니다.

이것을 본 노루가 토끼를 불러 물었습니다. 토끼는 지금 하늘이 무너지고 땅이 꺼지고 있다고 급히 대답하고 다시 뛰어가기 시작했습니다. 노루는 긴가민가 하면서 토끼를 따라갔습니다. 토끼와 노루가 뛰어가고 있는데 다른 짐승들이 또 묻고는 같이 뛰기 시작했습니다. 이렇게 짐승들이 하나하나 합류해 숲속 동물 전체가 따라서 달리기 시작했습니다.

그렇게 달리다 보니 다른 동물보다 더 빨리 뛰어야 살 수 있을 것 같아 서로 빨리 달리려고 속도 경쟁이 붙었습니다. 숲의 끝에는 낭떠러지가 있었는데 서로 경쟁을 하다 보니 아무도 그것을 인식

하지 못하고 무작정 한 가지 생각만 하면서 달리고 있었습니다. 이 때 숲속의 왕인 사자가 이것을 보고 길을 막아서며 큰소리를 쳐서 동물들의 질주를 멈추어 세우고 물었습니다.

"소야, 너는 왜 달리고 있느냐?"

"말이 달려서요."

"말아, 너는 왜 달렸느냐?"

"사슴이 달려서요."

"사슴아, 너는 왜 달렸느냐?"

"노루가 달려서요."

"노루야, 너는 왜 달렸느냐?"

"토끼가 하늘이 무너진다고 해서요."

이렇게 해서 최초로 소리를 들었다는 토끼에서 묻게 되었습니다. 토끼가 하늘이 무너지는 소리를 들었다고 한 그 장소에 가 보았습니다. 그런데 도토리 하나가 토끼의 귓가에 떨어졌다는 것을 알게 되었습니다. 결국 도토리 하나가 떨어지는 소리에 놀라 숲속 모든 짐승들의 질주가 시작되었다는 것을 알게 되었습니다.

이 이야기는 숲속 동물들과 다름없는 어리석은 중생들을 깨우치려는 의도가 들어 있습니다. 오늘날 우리들은 물질만능 소비주의에 빠져 주위 사람들을 따라 무작정 사는 경우가 많습니다. 우리 삶을 되돌아보는 노력이 필요합니다.

법주사

천년의 향기를 만날 수 있다는 속리산 법주사 템플스테이에 참가하는 것이 오래전부터 가지고 있었던 꿈이었다. 용기를 내지 못하고 있었는데 이심전심이라고 했던가. 이번 나의 생일을 법주사 부근의 콘도에서 1박 2일로 가족 모두 모여 소풍 겸 나들이를 하게 되었다. 템플스테이에 비유할 수는 없지만 그 분위기를 느끼기 위해 새벽 산행 중에 법주사 경내로 들어갔다. 경내에는 스님의 낭랑한 예불 소리가 들려와 마음이 편안하게 가라앉았다. 미륵대불 앞에서는 그 장엄함에 불심이 조용하게 일어나는 것을 느낄 수 있었다. 숲에서 뿜어져 나오는 맑은 공기를 마음껏 마시고, 미륵대불을 세 바퀴 돌고, 대불 아랫부분에 모셔져 있는 수많은 축소형 금동미륵대불을 만나고 나니 마음이 더욱 엄숙해졌다. 정말 장엄하고 어마한 광경이었다. 법주사를 전체를 찬찬히 둘러보고 숙소로 돌아왔다. 새벽녘 살포시 불어주는 바람이 쉼표가 되어주었고, 초여름의 향기에 심취하여 즐거운 하루를 보냈다. 가족의 건강과 화목을 수없이 빌기도 하였다.

천년 고찰 속리산 법주사는 기록에 의하면 진흥왕 때 의신義信 스님에 의해 창건된 이후, 진표眞表 스님, 영심永深 스님의 대의중창을 거쳐 왕실의 비호를 받으면서 8차례의 중수를 거듭하였단다. 조선조 중기에 이르러서 60여 동의 건물과 70여 개의 암자를 거느린 대찰大刹로서의 위용을 자랑하기도 했다. 그러나 임진왜란 때 절의 거의 모든 건물이 불타버리는 화를 입기도 하였다. 그 외에도 큰 절이다 보니 여러 가지 일화도 전해내려 온다. 그 중 하나인 희견보살상은 보물로 지정되어 있는데, 법화경을 공양하기 위해 몸을 불태우는 소신공양을 올렸다고 한다.

70여 개의 암자 중 하나인 탑골암에는 어머님의 위패가 모셔져 있다. 그곳은 어머님께서 생전에 다니던 곳이다. 여기까지 왔는데 인사드리지 않을 수 없었다. 어머님은 83세에 세상을 뜨셨다. 그 당시를 생각하면 명을 다 하셨다고 볼 수 있지만 그래도 어머님 위패를 보는 순간 울컥하고 목이 메었다. 건강하셨는데 갑자기 돌아가셔서 아쉬움이 남기도 하였다. 부모님은 아무리 오래 사시다가 돌아가셔도 시간이 지나면 그립다. 내가 어머니 나이가 다가올수록 어머니의 생각이 새록새록해지는 것은 왜일까? 어머니도 그러하셨을까?

가족 모두가 모여 즐거운 시간을 보내면서 마치 명절을 맞이한 기분이 든다. 한가위가 되면 '더도 말고 덜도 말고 오늘만 같아라.' 라고 말하는데 오늘이 내겐 그런 날이다. 생일 밥 먹고 맑은 공기를 마시고 법주사를 돌아보며 마음공부도 많이 하였으니 마음에 양식이 가득 쌓인 기분이다.

나는 사실 절에 자주 다니는 편이지만 불법佛法에 대해서는 잘 모른다. 하지만 절에 가면 마음이 차분하게 가라앉고 욕심을 내려 놓아야 한다는 생각을 하게 된다. 마음속에 들끓던 여러 가지 원망이나 불평도 어느덧 사라진다. 복잡한 교리나 예절을 몰라도 그저 마음을 편안하니 그것이 불법이 아닐까 생각된다. 우리 집에서 그리 멀지 않은 곳에 이렇게 편안함을 주는 대사찰이 있다는 게 내가 큰 복을 받고 있다는 증거일지도 모른다. 매사에 감사하면서 살아야겠다.

모야모야 병이라니

　나는 소위 말하는 희귀병을 앓은 적이 있다. 처음에는 절대적인 절망 앞에서 나는 무릎을 꿇어야 했다. 가족들에게도 속 시원하게 말할 수 없는 심정을 깊은 산속에 가서 소리소리도 질러보고 몸부림도 쳐보았지만 산에 부딪혀 되돌아온 메아리는 '정답을 모른다'였다. 모야모야 병에 대해 찾아보았다. 모야모야 병은 뇌동맥 질환의 일종으로 뇌동맥에 협착과 폐색이 진행되면서 그 부근에 '모야모야 혈관'이라는 이상혈관이 관찰되는 병이다. 그 이상혈관은 연기가 허공에 퍼져나가듯이 사방으로 뻗어나가는 모양이라 하여 일본말로 '모락모락'이라는 뜻의 '모야모야' 병이라 이름 붙여졌단다.

　간질과 뇌경색, 뇌출혈 등의 증상을 막기 위해 끊임없이 관리하고 노력해야 하는 병이다. 일상에서 맞닥뜨리는 자잘한 짜증들과 살면서 쌓이는 불안감들이 쇳덩이처럼 무겁게 나를 억눌렀지만 나는 솟아날 구멍을 찾으려고 했다. 병을 안고 살아가면서도 정신의 깃대를 꼿꼿이 세우고 있었다. 자꾸만 무너지는 몸 상태를 불굴의 인내로 달래고 또 다스리며 살아냈다. 그저 좌절의 천수답天水畓에 가느다란 희망의 물꼬를 내며 살아갈 뿐이었다. 좁은 물길 하나를 내기 위해 묵묵히 땅을 파는 몸짓이야말로 가장 절실한 기우제의 춤사위가 아닐까.

고통의 시작은 벌써 20여 년 전의 일이다. 어느 날 갑자기 냉장고 문을 열고 반찬통을 꺼내다 그만 반찬통을 내동댕이치고 말았다. 불길하고 이상한 생각이 들었다. 며칠 후 이번에는 왼쪽 무릎이 시큰하더니 다리의 힘이 빠지고 털썩 주저앉고 말았다. 며칠 사이로 자주 마비현상이 나타났다. 이번에는 아주 정해놓은 듯 일주일에 세 번쯤 왼팔과 왼쪽다리가 한꺼번에 마비 증세가 나타났다. 마음이 불안하고 어떻게 해야 할지 알 수 없었다. 큰 병에 걸린 것이 틀림없다는 생각이 엄습해왔다. 아무한테도 이야기 못하고 혼자 고심 끝에 서울대학병원에 예약을 했는데, 가족들에게 말을 할수가 없었다. 평소에 내 몸은 종합병원 그 자체였으므로 차마 가족에게도 자존심이 허락하지 않아 말을 하지 않았다.

감기 몸살은 달고 살며 한여름에 폐렴은 9개월씩 앓았다고 하면 누가 믿을까. 살짝 넘어져도 손목이 부러지고 가볍게 넘어질 때도 발등이 부서지고 팔다리는 네 개밖에 없는데 깁스는 대여섯

번이나 하고 살았으니, 남편한테도 눈치가 보여 차마 말을 못하고 전전긍긍하고 많이 아파도 큰 병에 걸려도 말하지 못하고 살았다. 어릴 때 가난해서 음식을 제대로 먹질 못하고 굶고 살았기 때문이 아닐까 하고 생각했다. 불안한 생각들이 지나고 2개월 후 병원 예약 날짜가 다가왔다. 가족들에게 서울 언니네 집에 잔치가 있어서 갔다가 며칠 쉬었다 오겠다고 말하고 혼자 입원을 해서 검사를 받았다. 여러 가지 검사가 끝나고 MRI까지 찍었는데 병명을 모른다고 한다. 이번에는 마지막으로 뇌 촬영을 하는데 조영제라고 하는 약을 머릿속에 주사기로 약을 넣고 최첨단 기계로 뇌 촬영을 받기로 했다.

마지막 검사 받는 날. 큰 수술 받는 사람처럼 의사 선생님부터 간호사 모두 모여 나를 쳐다보는 눈빛이 평소와는 다르다. 왜 보호자가 없는지 의사 선생님이 물어본다. 오늘 검사가 끝나면 24시간 몸을 움직이면 안 된다고 보호자가 꼭 필요하다고 한다. 남편에게 전화를 했다. 저녁 늦게 병원에 도착한 남편은 안절부절 못했다.

"오른쪽 이마에 녹두알만한 혈관 벽이 막혀서 당장 수술 날짜를 잡아야 합니다." 그다음 말은 더욱 무서운 말이었다. "3개월을 버티기 어렵습니다." 그 말을 듣고 차라리 나는 수술 받다 죽는 것보다 그냥 죽는 것이 나을 것 같았다. 수술을 받지 않겠다고 했다. 수술 말고 다른 방법은 없는지도 물어보았다.

의사 선생님이 기가 막혔는지 빙그레 웃으며 나를 바라보며 눈물이 그렁그렁해졌다. 마주 손잡고 울었다. 그래도 천분의 일의 가능성이 있으니 한 번 해보자고 말씀하셨다. 이마에 막힌 혈관 옆에 아주 작고 가느다란 혈관이 있는데, 긍정적으로 살고 즐거운 일을 하면 마음이 편안해지면서 혈관들이 서로 왕래하다 아주 조금씩 굵어질 수도 있다고 한다. 그러면 피가 원활하게 왕래하며 마비증상도 없어질 수 있단다. 그렇게 되기에는 하늘의 별따기라고도 했다.

걱정했던 것과는 달리 의사 선생님의 주문대로 즐겁게 생활했다. 퇴원 직후부터 노래교실, 풍물장구, 동화구연, 스포츠 마사지, 아침마당 주부발언대를 거쳐 수필을 쓰기 시작했다. 10년 후 병원에 다시 가서 재검사를 했는데 99%로 완치되었다는 진단을 받았다. 결국 내가 하늘에 별을 따온 셈이 되었다. 앞으로 남은 1% 마저 고치려면 산으로 들로 부지런히 다녀야 할 것 같다. 죽지 않고 되살아난 세월을 글 바구니에 가득 담아보련다.

빅토리아 연꽃

연꽃마을, 언제라도 가보고 싶은 곳이다. 연꽃마을 타령을 하는 나를 보고 지인들은 몇 번 가보았으면 됐지, 왜 자꾸 가려고 하느냐고 핀잔을 준다. 이번 여름 여행은 다수결이고 뭐고 우겨서 내가 좋아하는 곳으로 결정이 났다. 어린아이처럼 기다려지고 가슴 설레었다. 수많은 연꽃구경을 할 수 있어서 그렇다. 이번에는 특히 수련의 예쁜 모습을 관찰하고 사진도 찍어보리라.

빅토리아 연꽃은 시든 모습인데 그 옆에 함지박만큼 큰 연잎이 물 위에 둥둥 떠 있다. 어떤 것은 맥반석보다 더 큰 것도 있고, 또 어떤 것은 멍석처럼 널따랗게 연잎이 펼쳐져 있다. 저 넓은 잎이 연잎이라니…. 처음 접해보는 내겐 신기하기만 했다. 그 반면에 꽃은 초라하기 그지없다. 무언가 불균형을 이루는 것 같아 아쉽다. 조금만 더 예쁘게 생겼으면 좋으련만. 실망스러워 혼자서 중얼거리는데 옆에 있던 사진작가 분이 슬며시 말을 건넨다. 오늘

밤 시간이 있으면 나와 보란다. 낮과는 달리 밤이 되면 화려하게 변신을 하는 것이 빅토리아 연꽃이란다. 밤을 기다려 그곳으로 다시 나갔다.

오후 여섯시쯤 약속된 장소에 도착했다. 넓은 연못가에 사진작가들이 벌써 많이 모여 있었다. 전국에서 사진동호인들이 밤에만 피는 빅토리아 가시연꽃을 촬영하기 위해 북새통을 이루며 모여 있었다. 꽃은 오후 여섯시쯤 천천히 피기 시작하여 새벽 두시쯤 되면 만개한다고 한다. 드디어 시간이 되어 빅토리아 연꽃이 화려한 자태를 펼쳐 보인다. 잔잔한 물 밑에 비친 모습은 마치 새색시가 족두리를 쓴 것처럼 아름다운 모습이다. 사진작가들은 물 밑으로 비치는 '반영'에 목숨 건 사람들처럼 사진을 찍으려고 사투를 벌인다. 내가 보기에는 야시장을 방불케 한다. 정말 아름다운 작품이 나올 것이라고들 한다. 왜 이렇게 밤에 아름다운 모습을 보여 주는 것인지 무언가 사연이 따로 있을 것 같다. 한낮에 피면 많은 사람들의 시선을 감당할 수 없기 때문일까?

오늘은 사진 찍기 공부를 중도에 그만둔 것이 못내 아쉽다. 공부를 계속해왔다면 저들 틈에서 괜찮은 작품을 하나 건져낼 수 있을 것 같았다. 꽃을 바라볼수록 사진을 찍지 못하는 내가 초라하게 느껴졌다. 십 년만 젊었다면 새로이 사진작가를 도전해볼 텐데 아쉽다. 이미 지나간 버스이지만 마음 한편은 불길이 활활 타올랐다.

빅토리아 연꽃은 잎이 크고 가시가 많은 수련 종류 중 하나다. 새색시처럼 수줍음이 많은 탓일까? 밤에 피는 연꽃, 날마다 다른

색으로 변신하는 빅토리아 연꽃이 참 신기하다. 첫째 날엔 하얗게 피어나고 둘째 날엔 붉은 자주색으로 개화하다가 한밤중에 족두리를 쓴 연꽃으로 피어난다. 신기한 빅토리아 연꽃을 구경하러 전국 각지에서 궁남지, 세미원, 관곡지에 있는 가시연꽃을 보려고 모여든다. 꽃에 가시가 있는 장미꽃은 가시가 장미의 고고한 자태를 뽐내는 것처럼 빅토리아 연꽃도 큰 잎에 가시가 나 있다. 사람도 젊은 시절 예쁘다는 말을 자주 듣다보면 마음속에 가시가 돋는다고 했는데 저 꽃도 그러한 연유일까?

연잎은 둥근 쟁반처럼 연잎이라기보다 예술 작품이란 표현이 적합할 것 같다. 연잎 위에 3kg 무게의 물질을 얹어놓아도 꿈쩍도 하지 않는다고 하니 대단한 식물이다. 빅토리아 연꽃은 아마존이 원산지인데, 연잎 한 장의 크기가 무려 2m나 되고 연꽃의 수명은 이틀이라고 한다. 첫째 날에 하얀색으로 천천히 벌어지다 이틀째엔 붉은 꽃잎이 벌어지고 셋째 날엔 왕관 모양으로 변하는 것이 특색이다. 빅토리아 연꽃은 야개연夜開蓮이다. 이런 매력에 빠져 많은 사람들이 서수지를 찾는 것 같다. 이런 재미에 연꽃마을을 선호하는 것이 아닐까.

사람도 어릴 때부터 그런 변화를 거치는 것 같다. 청춘시절이 예쁜 꽃을 간직한 때이고 서서히 늙어 가면 내면의 꽃은 피지만 겉모습은 초라해진다. 빅토리아 연꽃을 보면서 나는 이제 꽃잎을 다 떨어뜨리고 시들어가는 모습임을 깨닫게 된다. 화무십일홍이라던가. 빅토리아 연꽃은 1년에 단 3일만을 매력적으로 사람들의 시선을 한몸에 듬뿍 받으며 살다가 나머지 시간들은 넓은 호수에 쓸쓸히 시들어가는 모습이 애잔하다.

KBS 아침마당 주부 발언대
처음에는 재미로 몇번 출연 했다차
나름 방송에 재미를 붙여 23회
출연 하여 영예로운 대상수상

작은 거인 손이 보여준 기적

여름 장마는 해마다 겪는 행사이건만 올해는 유난히 비가 많이 온다. 오늘도 비가 주룩주룩 내린다. 남편이 창밖을 바라보고 있는 나에게 느닷없이 신문을 좀 보라고 다그친다. 나는 퉁명스럽게 답했다. "여보세요, 신문은 당신이나 열심히 보세요. 나는 TV 뉴스를 보면 되어요." 신문 대신 다른 책을 열심히 읽고 있으니 걱정하지 말라고 덧붙였다. 남편이 한마디 더 한다. "수필을 쓰는 사람이 신문도 제대로 보질 않으니 거 참 신기하네. 신문에 좋은 글감이 있는데…." 그 말에 귀가 솔깃해져서 얼른 신문을 빼앗아 펼쳐 들었다. 알고 보니 싱겁게도 밤 11시 5분부터 시작하는 특별방송 프로그램 안내였다. 그러나 그것은 결국 나에게 커다란 감동을 주는 계기가 되었다.

"이 아이는 24시간 안에 죽는 편이 낫습니다." 갓 태어난 아기를 본 의사의 진단은 냉혹했다. 하지만 그 아이는 32세의 청년으로 성장했다. 키 90cm, 몸무게 25kg의 숀이 살아온 이야기는 '기적'이라는 말로도 부족할 정도다. 주인공은 뼈가 쉽게 부러지는 희귀질환 '골형성부전증'을 안고 태어났다. 숀이 태어난 뒤 아버지 그렉은 아들을 24시간 돌보기 위해 회사를 그만두었다.

태어난 순간부터 늘 있는 그대로의 아들을 사랑하고 지지해준 부모 덕분에 숀은 훌륭한 청년으로 자랐다. 이제 숀은 세계 전역에서 강연 요청이 쇄도하는 유명 강사가 되었다. 같은 병을 앓고 있는 장애인들을 만나고 학교, 기업체 등을 돌며 인생에서 겪은 좌절과 도전, 그로 인해 얻은 교훈을 전한다.

평생을 휠체어와 유아용 카시트에 의지해야 하는 처지지만 마음의 장애를 고쳐주는 심리치료사 일도 한다. 그의 심리치료소를 방문하는 이들은 우울한 과거를 떨쳐버리고 새로운 동기를 찾아 자아실현을 하는 법을 배운다. 그의 다큐멘터리 제목인 '90cm의 축복'은 숀이 자신을 가리켜 지은 애칭이다. 그는 말했다. "행복은 선택입니다. 행복이란 마음이 행복하다는 걸 스스로 느끼는 것이라 생각해요."

심리학 공부를 하기까지 얼마나 많은 고민을 하였을까? 그러나 숀은 무척 강하고 재치있고 긍정적인 사람이다. 뼈가 부서지는 고통을 이겨내고 심리치료사, 심리학 박사과정도 밟고 있다고 한다.

숀은 90여 명 앞에서도 한 치의 흔들림 없이 쇼맨십을 보여주기도 한다. 15년 경력 명강사로 참석한 사람들을 쉬지 않고 웃기고 울린다고 한다. 그는 다른 사람의 사랑을 받고 싶다면 내면의 불만을 조금만 더 긍정적으로 생각하라고 했다. 온갖 마약을 끊고 새 삶을 사는 젊은이들이 숀을 '나의 수호천사'라고도 했다. 숀은 대학에서 심리학 박사 준비를 하던 중 약혼녀 민디스를 만났다고 한다. 민디스는 키도 크고 미인이었다. 육체적 장애는 그의 삶에 장애가 아니었다.

밤 11시 5분 잠깐 방송을 보면서 나 자신이 매우 부끄러웠다. 나는 늘 학력에 대한 컴플렉스를 갖고 살았다. 이미 되돌릴 수도 없는 일임을 알면서도 진학에 대한 한을 가슴 가득 쌓고 살았으니 얼마나 부끄러운 일인가. 겉옷이 초라함은 옷을 깨끗이 빨아 입으면 되겠지만, 학교 다녀보지 못한 초라함은 저 밑바닥의 헤어날 수 없는 수렁이라고 생각하고 한평생을 이득 없는 학벌과의 씨름에서 헤어나지 못하고 살아온 세월이 부끄러울 뿐이다.

숀만큼은 아니더라도 예전 어머님의 한땀 한땀 바느질하듯 독학이지만 글자를 하나씩 공부 하다 보니 숀처럼 훌륭한 사람까지는 못되었지만 글쓰기 공모전에서 최우수상을 타는 영광을 얻었다. 남보다 고생을 많이 하고 살아온 것이 이제는 전화위복이 되었다. 내가 겪은 모든 고생이 나에게는 사회 경험이다. 일상생활의 모든 것을 별반 모르는 게 없을 정도가 되었다.

　손처럼 손, 발, 심지어 머리도 제대로 움직일 수 없는 사람도 전 세계를 다니면서 어려운 이웃을 돕겠다고 하는데 멀쩡한 정신과 지혜가 있는 것을 모르고 학벌에만 연연해온 나의 과거가 씁쓸하다. 나에게는 학벌보다 소중한 사회 경험 많았으니 내가 바로 사회 지식인이라고 할 수 있겠다. 글자 한 자 한 자는 제대로 몰라도 마음 가득 쌓인 삶에 대한 지혜는 그 누구도 부럽지 않다. 앞으로 남은 시간은 내 자신 스스로를 자랑스럽게 여기며 살아야겠다.

담판

한때 산골소녀란 딱지가 너무도 싫었던 적이 있었다. 어쩌다가 서울에 한번 가 보았더니 대낮처럼 밝고 별빛보다도 더 찬란한 전깃불과 화신백화점 앞으로 쌩쌩 달리는 반질반질 윤기가 흐르는 승용차의 불빛에 정신이 혼미했다. 그리고는 첩첩산중 시골에서 사는 것이 부끄러웠다. 대도시에 사는 처녀들과 총각들은 얼마나 행복할까 하고 부러워하기 시작했다. 그때는 도시의 찬란한 네온 사인보다 더 찬란한 것은 없었다. 밤하늘을 수놓는 은하수 별빛은 도회지 불빛에 비하면 아무것도 아닌 것 같았다. 어른이 되면 시골 뜨기 소녀란 딱지를 떼어버리고 휘황찬란한 도시의 전깃불 밑에서 행복하게 살아 보리라고 마음먹었다. 그 시골 촌뜨기 소녀가 도회지 생활에 젖어 강산이 일곱 번 변하도록 살았다. 지금은 다시 시골풍경이 그리워지는 것은 무슨 변덕스런 연유일까? 연어가 고향이 그리워 수천 리 물길을 아슬아슬 목숨을 걸고 거슬러올라가는 것처럼, 나도 아련한 향수 때문일까?

시골집에서 커다란 무쇠 가마솥 걸어놓고 아궁이 가득 장작불을 지피면 따끈따끈해지는 방 아랫목에 허리를 쭉 펴고 흙냄새 맡으며 살고 싶어졌다. 아예 몸살이 날 지경이었다. 남편에게 넌지시 운을 띄워 보았으나 어림도 없었다. 며칠 밤을 지새우며 고민 끝에 아이들 삼남매를 불러놓고 아버지 마음을 돌려보라고 넌지시 이야기했다. 결국 본전도 못 찾고 말았다. 아이들도 이젠 결사적으로 반대하지만 내 마음의 불꽃은 장작불보다도 더한 불길이 가슴속에서 활활 타오른다. 어찌하면 좋을까? 가족이 반대하면 할수록 욕심이 강해진다. 몇 날 며칠 밤을 지새우다 보니 밤이 되면 약물에 의지해야만 잠을 이룰 수가 있었다. 가까운 친척과 지인들에게 내 마음을 털어놓고 좋은 답변을 기대했으나 역시 산 넘어 산이다. 팔십 고개를 바라보는 노파가 농사를 지으며 산다는 건 얼토당토않은 발상이라며 왜 그러냐고 반문한다.

드디어 남편과 담판을 짓기로 했다. 저녁을 먹고 나서 차근차근 설명을 하면서 하루를 살아도 마음이 즐겁게 살고 싶다고 했다. 밤새워 옥신각신 말다툼 끝에 순하고 착한 남편이 고함을 치면서 이혼을 하자고 하는 것이 아닌가. 모충동 주민센터에 접수만 하면 자동으로 합의이혼이 된다고 한다. 이 한마디에 발끈 화를 내고 칼날을 세웠다.

"뭐! 이혼? 좋아! 근데 왜 합의이혼이지?"

성질이 불같이 치솟은 나는 법원이란 단어가 갑자기 떠오르질 않았다.

"그래, 좋아요. 재판소로 갑시다. 재판소에서 법 공부한 판사님께 판정을 받읍시다. 그 판사님이 마누라가 있고 딸이 있는 사람이면 내가 시골 가서 살자고 하는 것이 합의이혼 대상인지 한번 물어봅시다."

고래고래 소리치며 맞받아쳤다. 아마도 내가 잘은 모르지만, 자식들 삼남매 잘 키워 결혼시키고 손자 둘을 십 년씩 키워놓고 노년에 욕심을 모두 다 내려놓고 농촌에서 살고 싶은 내 생각이 잘못인지 재판장이 꽝꽝 결정해주지 않겠냐고 목청 높여 소리쳤다. 남편은 어이없는지 말문이 막혔는지 멍하니 서 있었다.

그날 이후 방바닥에다 이면지를 쭉 펴놓고 보은 어머님이 생전에 농사지으시던 밭 모양을 그려놓고 동그라미, 세모, 직사각형, 정사각형 동글동글 금을 그어가면서 동그라미 안에는 달래, 부추, 쪽파, 대파를 심고 세모 안에는 취나물, 직사각형 안에는 참깨, 정사각형 안에는 들깨, 나머지 빈터에는 여러 가지 생각나는 대로 심어야겠다며 밑그림을 그리다 보니 새벽 4시가 되었다. 한 시간쯤 눈을 잠깐 붙이고 5시에 일어나 아침을 해 먹고 다시 원점으로 돌아갔다. 남편은 가기 싫다고 하니 나 혼자 가서 시골 풍경의 벗이 되겠노라 했다.

그러기를 1년 6개월. 마침내 남편이 두 손을 들었다. 그러나 시골 가서 사는 것은 안 된다고 한다. 일주일에 두 번 밭에 가서 약초나 심고 농사일을 즐기며 살아보라고 한다. 그날 저녁부터 밥이 꿀맛이고 언제 날밤을 새웠나 싶을 정도로 단잠을 자게 되었다. 시골의 풀 한 포기 작은 돌멩이 하나도 내 마음에 양식이 되었다.

"농사의 목적은 곡식을 심어서 돈을 벌고자 함도 아니요, 채소를 심어서 배불리 먹고자 함도 아니요, 내가 당신을 꺾으려는 건 더더욱 아닙니다. 이제 남은 세월, 자연과 더불어 마음의 양식을 기르려 함입니다."

5
부

연꽃

청원 디지털 사진반 초보 시절
작품 한장 남기고 싶은 마음에
벌써 한시간 째
카메라 렌즈를 제대로 못맞추고
쪼물락 쪼물락 시간만 흐르네...

연꽃에 흠뻑 취하고 싶은 날이다.

파란물이 흐를 것처럼 맑고 푸르던 날씨가 주말이 되면서 비가 내렸다.

아침에 일어나보니 새벽의 어슴푸레하던

공기를 깨끗이 씻어내려 더욱 맑고 상큼한 날이다.

넓은 논 물 위에 떠 있는 연꽃은 활짝 핀 연꽃일수록

잘 익은 과일처럼 향기롭다.

아직 피다 만 꽃봉오리는 불심이 가득한

불제자의 두 손을 합장한 듯 심오하고 숭고하다.

백연의 고고한 자태를 시샘이나 하듯 청초하게 피어있는 홍연의 모습은

갓 태어난 아기의 배시시 웃는 모습과 같이 여린 듯 어여쁘다.

연꽃

'진흙 속에서 꽃이 피었네. 흙탕물에서 보석이 피어올랐네.'

순백색의 백연白蓮은 처녀를 닮아 부끄러운지 붉은 홍련보다 느지막하게 꽃봉오리를 뾰족이 내밀고 있다. 바람이 분다. 바람이 아름다운 연꽃을 흔들어 시샘을 해도 연꽃은 초연하기만 하다. 발그레한 홍연은 더더욱 본연의 화려한 아름다움을 다 끌어올리려는 듯 꽃잎을 벌려 활짝 웃는다.

연꽃에 흠뻑 취하고 싶은 날이다. 파란물이 흐를 것처럼 맑고 푸르던 날씨가 주말이 되면서 비가 내렸다. 아침에 일어나보니 새벽의 어슴푸레하던 공기를 깨끗이 씻어내려 더욱 맑고 상큼한 날이다. 넓은 논 물 위에 떠 있는 연꽃은 활짝 핀 연꽃일수록 잘 익은 과일처럼 향기롭다. 아직 피다 만 꽃봉오리는 불심이 가득한 불제자의 두 손을 합장한 듯 심오하고 숭고하다. 백련의 고고한 자태를 시샘이나 하듯 청초하게 피어 있는 홍련의 모습은 갓 태어난 아기의 배시시 웃는 모습과 같이 여린 듯 어여쁘다.

연꽃마을 명소 중 빼어난 곳이 세미원이다. 세미원 곳곳에 흐르는 음악은 요정 스피커를 통해서 2만9천평 부지의 연꽃 위로 유상곡수流觴曲水처럼 흐른다. 연꽃을 보는 것만으로도 가슴 벅차오르는데, 넓은 연잎 위에 공기보다 맑은 은구슬이 굴러다닌다. 뿌리, 줄기, 잎, 열매 어느 하나 버릴 것이 없는 연은 물이 있어야 살수 있는 수생식물이다. 연은 알면 알수록 신기한 식물이다. 1400년 전의 씨앗을 심어도 싹이 난다고 한다. 몸과 마음을 맑게 해주는 연자는 밥을 할 때 얹어 먹으면 영양밥이 된다. 연한 연잎은 상추대신 쌈으로도 먹을 수 있다. 연차는 나쁜 피를 없애주는 역할도 한다. 중국에서는 연은 불로장수 식품이라고 한다.

지난여름 가족 모두 야외로 소풍을 나갔다. 김밥 대신 연잎 밥을 해가지고 갔는데 같이 간 이웃분들이 처음 보는 음식이라며 맛을 보자고 했다. 더운 날이었음에도 상하지도 않고 향기로운 맛이 일품이라며 하나 둘씩 먹는 바람에 내가 먹을 밥은 남지 않아 굶어야 했던 기억이 난다. 연잎 밥의 자부심으로 나는 일품요리사가 된것처럼 어깨가 으쓱했다. 넉넉한 마음으로 먹을 것을 내어주는 연잎은 천연 방부제 성분을 지니고 있다. 연근 가루로 만든 떡은 잘 엉겨붙질 않는다. 연잎 가루를 첨가하면 떡 표면이 붙질 않는다.

연근 가루를 넣으면 신맛을 없애준다고도 한다. 연잎을 살짝 쪄서 그늘에 말린 것을 잘게 썰어 사계절 차로 끓여먹어도 향기가 진하고 입맛을 돋운다. 연근 차는 분말을 더운 물에 타서 먹으면 별미다.

　고즈넉한 산사에서 스님이 정성껏 따라주시는 연꽃 차 맛은 예술이다. 꽃향기 그윽한 연꽃 차 한 잔, 입 안 가득 향기와 개운한 맛은 그 어떤 향에도 비할 바가 아니다. 차를 마시고 몇 시간이 지나도록 입안 가득 남아 있는 향은 나를 매료시키기에 충분하다.

　인터넷 검색을 해보니 연꽃에는 10가지 특징이 있단다.

　1. 이제염오[離諸染汚]
　연꽃은 진흙탕에서 자라지만 진흙에 물들지 않는다. 주변의 부조리와 환경에 물들지 않고 고고하게 자라서 아름답게 꽃피우는 사람을 연꽃같이 사는 사람이라고 한다.

　2. 불여악구[不與惡俱]
　연꽃잎 위에는 한 방울의 오물도 머물지 않는다. 물이 연잎에 닿으면 그대로 굴러 떨어질 뿐이다. 물방울이 지나가간 자리에 그 어떤 흔적도 남지 않는다.
　이와 같이 악과 거리가 먼 사람, 악이 있는 환경에서도 결코 악에 물들지 않는 사람을 연꽃처럼 사는 사람이라고 한다.

3. 계향충만[戒香充滿]

연꽃이 피면 물속의 시궁창 냄새는 사라지고 향기가 연못에 가득하다. 인간애가 사회를 훈훈하게 만들기도 한다. 이렇게 사는 사람을 연꽃처럼 사는 사람이라고 한다. 고결한 인품은 그윽한 향을 품어서 사회를 정화한다.

4. 본체청정[本體淸淨]

연꽃은 어떤 곳에 있어도 푸르고 맑은 줄기와 잎을 유지한다. 바닥에 오물이 즐비해도 그 오물에 뿌리를 내린 연꽃의 줄기와 잎은 청정함을 잃지 않는다. 항상 청정한 몸과 마음을 간직한 사람을 연꽃처럼 사는 사람이라고 한다.

5. 면상희이[面相喜怡]

연꽃은 둥글고 원만하여 보고 있으면 마음이 절로 온화해지고 즐거워진다. 얼굴이 원만하고 항상 웃음을 머금었으며 말은 부드럽고 인자한 사람은 옆에서 보는 이의 마음이 화평해진다.

6. 유연불삽[柔軟不澁]

연꽃의 줄기는 부드럽고 유연하다. 그래서 좀처럼 바람이나 충격에 부러지지 않는다. 유연하고 융통성이 있으면서도 자기를 지키고 사는 사람을 연꽃처럼 사는 사람이라고 한다.

7. 견자개길[見者皆吉]

연꽃을 꿈에 보면 길하다고 한다.

8. 개부구족[開敷具足]

연꽃은 피면 필히 열매를 맺는다. 사람도 마찬가지다. 꽃피운 만큼의 선행은 꼭 그만큼의 결과를 맺는다.

9. 성숙청정[成熟淸淨]

연꽃은 만개했을 때의 색깔이 곱기로 유명하다. 활짝 핀 연꽃을 보면 마음과 몸이 맑아지고 포근해짐을 느낀다.

10. 생이유상[生已有想]

연꽃은 날 때부터 다르다. 넓은 잎에 긴 대, 굳이 꽃이 피어야 연꽃인지를 확인하는 것이 아니다. 연꽃은 싹부터 다른 꽃과 구별된다.

닉 부이치치 특강

평소에 TV를 잘 보지 않는 편이지만 'KBS 아침마당'이란 생방송 프로그램에는 직접 참여하여 현장에서 접할 때가 많다. 시간이 나면 오늘은 어떤 주제일까 하고 은근히 기다려진다. 꽤 오래 전 이야기이다. 2010년 가을날 KBS 아침마당은 조금 특별했다. 아침마당에 출연하는 사람을 소개해야 될 시간에 어찌된 일인지 얼굴과 몸체뿐인 외국인이 스크린에 비춰지는데 팔, 다리가 없는데도 물고기인양 능숙하게 헤엄치는 모습이다. 내가 아침마당 프로그램에 20여 차례 참여했지만 생방송에 출연자도 없이 스크린을 통해서만 보여주는 경우는 처음이었다. 몸으로만 살랑살랑 수영하는 모습뿐만 아니라 머리로 축구하는 모습은 가슴이 저릿할 만큼 감동적이었다.

화면 속의 주인공은 '닉 부이치치'라는 사람이었다. 내가 지금까지 살아오면서 불우한 환경을 극복하기 위해 죽을 만큼 노력하고 살았다고 생각했었는데 닉 부이치치를 보며 부끄러워졌다. 닉 부이치치는 모태에서부터 얼굴과 몸통뿐이고 팔, 다리 없이 태어났다고 한다. 얼굴, 목, 어깨까지만 있고 엉덩이 바로 밑에 엄지발가락이 있는데 오른쪽은 발바닥 모양이 갖춰 있었다. 왼쪽은 엄지발가락 하나만 있고 발바닥은 보이지 않았다. 그런 엄지발가락으로 능숙하게 컴퓨터 자판을 치는 모습은 정말 대단했다. 얼마나 많은 노력을 했는지, 얼굴과 몸체만 있는 사람이 못하는 것이 없다고 한다.

닉 부이치치의 평소 생활을 화면으로 보여주고 난 뒤 생방송답게 실제 인물 닉 부이치치가 촬영장에 직접 나타났다. 30여분 동안 특강을 하였는데 그의 말 한마디 한 마디가 그야말로 감동적이었다. 밝은 웃음에 한 치 부끄러움 없이 당당하게 자기소개로부터 강의가 시작되었다. 현대의학으로는 왜 모태에서부터 팔, 다리가 없이 태어났는지 알 수 없다고 한다. 그러나 지금은 정상인도 잘하지 못하는 수영, 축구, 컴퓨터 그 외에도 여러 가지 일상생활의 모든 것을 척척해낼 수 있게 되었다고 말했다.

닉 부이치치는 밝은 웃음을 전 세계에 선사하는 것이 스스로 삶의 목적이라고 말했다. 모든 것을 다 갖추고 살면서도 늘 불만과 불평으로 사는 이 시대의 어리석은 사람들에게 커다란 깨달음을 선사해주고 있었다. 또한 각자 삶의 의미를 알고 있다면 스스로 불만은 없어질 거라고 했다. 돈이 생의 목표가 될 수도 없고 돈이 스스로의 행복을 가져다주지도 않는다고 했다.

"저를 보십시오. 팔, 다리 모두 없어도 마음 하나로 이룰 수 있었답니다." "절대로 포기하지 마세요."라 말하는 그의 얼굴에는 자신감이 넘쳤다. 어릴 때 무엇을 하려다 못하게 되어 울고 있으면 그때마다 부모님이 다시 노력해보라고 용기를 주셨다고 한다. 그는 부모님께 늘 감사드린다고 말했다.

닉 부이치치 특강을 경청하면서 오래전 내 모습이 그려졌다. KBS 아침마당 토요일 노래자랑에 예심을 보고 와서 3일을 기다려도 방송국에서 아무 연락이 없었다. "떨어졌구나!" 노래를 잘 부르지도 못하면서 괜히 욕심을 냈음에 한편으로는 속상했다. 심사위원은 웬만해선 예심해서 떨어지는 경우는 별반 없다고 했는데 나는 떨어지고 말았다. 가까운 친구와 점심을 먹다가 노래 연습도 제대로 못하고 노래자랑 예심을 봤다고 말을 했다가 면박만 당했다. 제대로 할 줄도 모르면서 여기저기 들이대고 다닌다고 비웃음을 당한 적도 있었다. 그러나 내 생각은 다르다. 이것저것 도전하다 보면 내가 무엇을 잘 할 수 있는지 알 수도 있고, 사회 경험도 차곡차곡 쌓아나가다 보면 나만의 노하우가 생기며 일상생활에 도움이 될 것이다. 배울 수 있는 모든 기회, 좋은 강의나 주민센터에서 제공하는 여러 가지 취미교실, 방송국에서 진행하는 노래교실 등 모두 도전해 보면서 삶의 지혜를 배울 수 있을 거라고 생각했었는데 그 친구 생각은 나와 달랐나 보다.

1993년 처음 아침마당 주부 발언대에 출연했을 때 가족, 친지, 가까운 지인들까지 좋게 생각해주질 않았다. 가정주부가 방송국까지 가서 주절주절 수다를 떨고 다닌다고 했다. 뱃심이 두둑하고 추진력이 넘치다보니 아침마당 생방송에 스물두 번을 참여하고 무엇이든지 배우는 것이 즐겁다 보니 수지침도 배워보고 스포츠 마사지도 대학교 평생교육원을 통해 배웠다. 남들은 그런 것은 배워 무엇에 써먹을 거냐고 비웃기도 했다. 하지만 내 생각은 다르다. 어릴 때 너무 가난하고 여섯살 때 어머니까지 돌아가셨기 때문에 정상적인 학교 교육을 못 받고 나름대로 노력하여 독학으로 배운 것이 전부이다 보니 평생 배움에 목이 말랐다.

원하는 곳에 길이 있다고 했던가! 배울 수 있는 곳을 찾다보니 수필반에 들어가 책까지 내게 되어서 늦은 나이에 첫 작품을 냈다. 핀잔을 주고 고운 눈으로 봐주지 않던 지인들도 지금은 노력의 힘이라고 격려를 해준다. 닉 부이치치 특강을 경청하고 나서 그의 삶에 비하면 내 자신이 부끄럽다는 생각도 들지만 나 나름대로 어릴 때 불우한 환경 속에서도 굴하지 않고 남보다 몇 배 노력하여 지금의 가정과 행복한 노후를 살고 있다. 노력에 끝이 없을 테니 닉 부이치치처럼 누군가의 시선보다 내 자신을 믿고 더 열심히 노력하는 사람으로 거듭나고 싶다.

정토회

불교 수행 모임인 정토회와 인연을 맺은 지 채 1년이 채 되지 않았을 때의 일이다. 불교가 무엇인지도 몰랐던 나는 단지 마음공부를 한다는 말에 무작정 뛰어들어 법륜스님께 수계를 받았다. 수계를 받은 후 스님께서는 매일 아침 남편에게 108배를 하면서 참회기도를 하라고 하셨다. 나는 이미 아침마다 108배를 하고 있을 때여서 어려운 과제는 아니었으나, 문제는 남편에게 절을 하라는 것이었다. 그 당시 짧은 생각으론 도대체 납득이 가질 않았다. 평생 같이 살아오면서 나와 가족에게 잘못한 것은 남편이 훨씬 더 많은데 왜 내가 남편에게 절을 하라는 것인가? 그날 이후 지금껏 3년간 해오던 108배를 더이상 하지 않는 계기가 되고 말았다. 되돌아보면 마음공부가 덜 되었기 때문이었다. 참회가 무엇인지, 왜 해야 하는지를 몰랐던 것이다. 시간이 지날수록 마음은 조금씩 불안해지기 시작했다.

그래도 1주일에 한 번, 수요법회는 빠지지 않고 꼭꼭 참석했다. 가랑비에 옷 젖는다고 했던가? 스님의 법문을 열심히 듣다보니 스님의 말씀이 조금씩 나를 움직이기 시작했다. 어느날 새벽 4시 30분에 벌떡 일어났다. 세수를 하고 가볍게 108배를 마쳤다. 마음이 경건해지고 밝은 하루가 찾아왔다. 그날 이후 누가 시키지 않아도 아침마다 108배 기도정진을 다시 시작하게 되었다. 스님의 말씀이 조금씩 마음에 와 닿고 귀가 조금씩 뚫린 듯했다. 정토회와 인연을 맺은 지 4년이 지난 후에야 스님 말씀을 조금씩 알아차렸으니 내가 얼마나 미욱한 사람이었는지 부끄러웠다.

하지만 남편을 앞에 두고 108배를 드리는 건 아직도 실천하기 어렵다. 나의 아집 때문이리라. 혹시 내가 마음을 내려놓고 남편에게 108배를 하더라도 남편이 그것을 잘 받아들여서 마음이 열려야 할 터인데 그것도 의문이 들어서 실행에 옮기지 못하였다. 그래도 남편은 앞에 없지만 남편을 생각하며 계속 기도를 했다. 그리고 정토 불교대학에서 공부도 했고, 따로 경전반에 들어서 경전의 이야기를 이해하려고 노력했다. 문경에서 열린 '깨달음의 장', '나눔의 장'에도 참여하다 보니 마음이 조금씩 넓어진 것을 스스로 느꼈다.

무엇보다 괜히 고민스럽고 화가 나던 일들이 많이 없어졌다. 내 스스로 자학하고 괴로워하던 일들이 어디로 사라졌는지 신기하기만 하다. 이런 길을 가르쳐 주신 법륜스님께 감사드리게 되었다.

아마도 정토회에 인연을 맺지 못했다면 지금쯤 철없는 아이처럼 안하무인에다 고집불통이 되어 있을지도 모른다. 나이가 들면서 더욱 종교의 도움이 필요한 것 같다. 살아온 습관과 여러 가지 마음의 상처가 남긴 고집을 스스로 돌아보게 하고 마음을 열어 베풀게 해주는 것은 종교의 힘이 아니면 어려울 것 같다. 종교의 선택 또한 인연이 닿아야만 가능하다고 본다. 내가 불교를 알게 된 건 행운이다. 더구나 법륜스님과의 인연은 더욱 그렇다. 매주 수요일 생활불교 강좌는 나에게 피로회복제요, 마음의 양식이다. 오늘도 편안하고 즐거운 하루가 시작되었다.

정토회 법륜스님 에게 수계를 받고
법륜 스님과 법우님 들과 사진촬영
앞줄 왼쪽 두번 째가 필자

내소사

전국의 여러 유명사찰을 순례하는 것이 평소의 꿈이었다. 오늘은 우연한 기회로 능가산 내소사에 들르게 되었다. 청주시 1인1책 문우들과 함께 변산반도를 가는 도중에 평소 벼르기만 했던 내소사 순례를 힘 안들이고 하게 된 것이었다. 대웅전을 참배하다가 유명한 꽃살문이 있다는 것도 알게 되었다.

내소사 대웅보전의 꽃살문은 전국적으로 그 아름다움이 잘 알려져 있단다. 빗국화꽃살문, 빗모란연꽃살문, 솟을모란꽃살문, 솟을연꽃살문 등 조금씩 다른 모습의 꽃살문인데, 하나 같이 살아 있는 꽃처럼 아름다웠다. 더욱이 처음 조각한 후 400여 년의 세월이 흐르면서 연한 부분은 깎이고 닳아 단단한 부분이 더욱 선명하게 드러나게 되어 아름다움을 더해주고 있었다. 무엇보다도 몇백 년의 세월이 흘러도 그 아름다움을 유지하고 있다는 사실이 놀라웠다.

꿈을 꾸면 언젠가는 이루어진다고 했던가? 마음 깊이 자리 잡고 있던 내소사 순례를 오늘 소풍 길에 들르게 되어 더 감미로웠다. 내소사의 경내 풍경은 자연과의 동화 그 자체였다. 내소사는 전나무 숲이 있어 산사를 찾는 사람들에게 고요함과 정적에 젖어들게 하는 매력이 있다. 절 입구에서 천왕문에 이르기까지 양편에 전나무가 도열한 숲 터널 장관을 이루고, 특유의 향내는 속세의 찌든 때를 씻어내주는 것 같았다. 대웅전으로 들어서는 다리를 건너가면 전나무 숲은 끝나고, 노쇠한 벚나무와 새로 심은 단풍나무가 줄지어 서 있어 사색하기에도 더없이 좋은 곳이었다.

그리고 내소사에는 '멋진 사람'이란 시가 걸려 있었다.

〈멋진 사람〉

고요한 달밤에 거문고를 안고 오는 벗이나
단소를 손에 쥐고 오는 친구가 있다면
구태여 줄을 골라 곡조를 아니 들어도 좋다.

맑은 새벽에 외로이 앉아 향香을 사르고
산창山窓으로 스며드는 솔바람을 듣는 사람이면
구태여 불경을 아니 외어도 좋다

봄 다 가는 날 떨어지는 꽃을 조문하고

귀촉도 울음을 귀에 담는 사람이면
구태여 시를 쓰는 시인이 아니라도 좋다.

아침 일찍 세수한 물로 화분을 적시며
난 잎을 손질 할 줄 아는 사람이면
구태여 그림을 그리는 화가가 아니라도 좋다

구름을 찾아가다가 바람을 베개하고
바위에서 한가히 잠든 스님을 보거든
아예 도道라는 속된 말을 묻지 않아도 좋다

야점사양夜店斜陽에 길 가다 술酒을 사는 사람을 만나거든
어디로 가는 나그네인가 다정히 인사하고
아예 가고 오는 세상 시름일랑 묻지 않아도 좋다

　시를 읊다 보면 내 마음도 차분하게 가라앉으면서 멋진 사람으로 변해가는 것 같았다. 대웅전에 들러 삼배를 올리고 나니 마음이 동하여 108배까지 마치고 싶었지만 기다리는 사람들이 있으니 아쉬움을 뒤로 하고 일행이 기다리는 정자나무 아래로 갔다. 문우들은 K목사 사모를 비롯하여 천주교우 등 유독 나만 불자였는데, 모두들 끈기 있게 기다려주어서 고마웠다. 햇빛 찬란한 가을날, 여행 목적지는 변산반도였는데 이곳 내소사에 들러 대웅전에 참배할 수

있어서 나에게 온 행운인가 싶다. 누가 말했던가? 불행도, 행복도
다 내가 만든다고. 고갯마루를 넘어가는 석양빛이 곱기만 한 하루
였다.

서울에서 문화부 장관님이
청주에 오셨을 때의
풍물 공연을 마치고 단원들과
격려금을 받고 즐거운 사진 촬영
앞줄 첫번째에 서 있는 필자

돈침대와 돈, 돈, 돈

곰곰이 생각해봐도 걱정이 앞선다. KBS 생방송 아침마당 주부발언대의 주인공으로 생방송에 출연하게 되었다. 주제는 '돈, 돈, 돈'이란다. 돈에 얽힌 재미있는 이야기를 하라는데, 나의 이야기는 부끄러운 사연이라서 가족에게 먼저 허락을 받아야 할 것 같았다.

돈 2만 원을 훔친 것에 대해 이야기할 작정이었다. 손자 손녀에게도 그렇고 백년손님 사위도 어떻게 생각할지 걱정이 되었다. 퇴근길에 집에 들른 사위에게 조심스럽게 이야기를 꺼냈다. "창피하지만 용기를 내어 옛날에 돈 2만 원을 훔친 이야기를 방송프로그램에서 고백하고 용서를 받으려고 한다. 가족들이 반대하면 나가지 않겠다." 사연을 듣고 난 사위는 흔쾌히 문제가 없다고 말했다. 내가 사람들 앞에 서는 것을 싫어하는 남편도 동의를 해주었고, 다른 가족들은 오히려 응원해주었다. 막내아들은 "울 엄마 도둑질도 했대요." 하며 약을 올리기도 했다.

평소에 자세한 내용을 따져보지도 않고 용기가 앞서다 보니 실수도 잦았는데 이번에는 모두 격려를 해주어서 자신감을 가지고 서울에 있는 방송국으로 달려갔다. 그리하여 1999년 8월 9일자 아침마당에 출연했다. "안녕하세요? 충청도 시골에서 올라 왔습니다. 잘 좀 봐주세요." 간단한 인사를 하고 방청객들의 우렁찬 박수 소리에 신이 나 5분간의 이야기를 시작했다. "우리는 흔히 '돈벼락이나 맞아 보았으면', '돈 방석에 앉아봤으면' 하고 말을 하지만 저는 돈 침대에서 잠을 자는 사람이었습니다."라는 말부터 끄집어내었다. 모두 '얼마나 좋았을까?', '어떤 이야기가 나올까?' 하는 기대에 찬 표정이었다.

일주일에 한 번씩 남대문과 동대문시장의 물품을 도매로 사다가 부산 국제시장 가게에 넘기는 중간도매상을 하던 시절이었다. 밤기차를 타고 올라와 여느때 같으면 영등포역에서 내리는데 그날은 어떻게 된 일인지 서울역에 도착한 줄도 모르고 계속 잠을 잤다. 결국 승무원이 올라와 잠을 깨웠다. "침대칸에 주무시는 여행객 여러분, 지금 서울역에 도착했습니다. 일어나십시오." 순간 깜짝 놀라 옆에 있는 가방을 메고 개찰구로 달려나오는데 '어! 가방이 가볍다'는 것을 알았다. '아차! 내 돈!' 정신을 차리고 보니 다리가 후들거렸다. 얼른 내가 타고 왔던 자리로 뛰어 가보니 승무원이 침대 커버를 벗기려고 손으로 막 잡아당기고 있던 참이었다. 급한 마음에 승무원을 밀어제치고 "안돼요, 내 돈!"을 외치며 매트리스 아래

깔아놓았던 돈을 주섬주섬 가방에 넣고 나오는데, 다시 보니 나에게 밀쳐진 승무원이 좀 다친 모양이었다. 마음이 급해서 미안하다고 말은 했지만 건성이었다.

그렇게 매주 새마을호의 침대 아래 돈으로 도배를 하고 그 위에서 잠을 잘 정도로 많은 돈을 만지던 때가 있었다. 뭐든지 사고 싶고 장사가 될 만한 것이면 곧바로 살 수 있을 만큼 두둑한 현금을 가지고 있었다. 그러다 어느 날 사기를 당해 가게 운영을 못할 지경에 이르렀고, 돈이라곤 한 푼도 없이 맨몸만 남게 되었다. 물론 나만 바라보고 있던 시장 점포 3호점의 판매원 9명 월급도 줄 수 없었다. 더 이상 부산에 있을 수도 없어 무작정 친정이 있는 서울로 올라왔다. 빈손으로 서울 거리를 헤매면서 죽을 생각만 했다. 문득 공중전화 부스 옆을 지나치다 검정색 노트 한 권이 눈에 띄어 뒤적여보니 봉투 속에 돈 2만 원이 있었다. 타는 가뭄에 소낙비라도 이보다 더 고마울까? 돈 침대에 잠을 자던 사람이 단돈 2만 원을 손에 쥐는 순간 온 세상이 만 원짜리의 파란색으로 바뀌는 것 같았다. 누구 돈인지 생각해보지도 않고 누가 올까봐 얼른 그 자리를 떠났다. 3~40년 동안 장사를 한 사람이 단돈 2만원에 눈이 뒤집혔다고나 할까. 남의 돈 2만 원을 차비 삼아 집으로 돌아왔고, 그때까지 나름대로 쌓여 있던 신용에 용기를 얻어 다시 재기할 수 있었다. 그때 2만 원이 내 목숨을 살린 것이다.

한편으로는 그 돈 2만 원을 늘 빚진 기분으로 살아왔었는데 지난 세월의 이자까지 합친 것이라며 봉투를 만들어 수재의연금으로 사용해 달라고 아침마당 사회자에게 전해주었다. 이렇게 고백하고 성금까지 내니 마음 한편이 홀가분했다.

계속해서 주부 5명이 돈에 대한 에피소드를 이야기했는데, 그날 주부들의 이야기는 대부분 돈이 없어서 고생한 이야기였다. 길에서 돈을 주운 이야기, 남편 몰래 숨겼다가 들킨 이야기 등이었다. 출연한 5명 중 2명에게는 인기상과 대상을 주도록 되어 있었는데, 식당을 하는 주부가 인기상을 받았고 대상은 영광스럽게 나에게 돌아왔다. 부상으로 29인치 TV를 받았다. 지금 우리 집에는 그 흔한 벽걸이 TV 대신 그때 방송국에서 부상으로 받은 구식 TV를 소중하게 생각하며 보고 있다. 우리 집의 역사적 TV로 늘 간직하려고 한다.

도시락

아침 일찍 앞산 범바위골을 향해 소원을 빌었다. '달님, 달님 밥한 그릇만 우리 집 앞마당에 가져다주세요.' 두 밤만 자고 나면 소풍을 가는 날이다. 소풍을 안 갈 사람은 결석계를 써오란다. 나도 소풍을 가보고 싶었다. 하지만 도시락이 문제였다. 소풍 가는 날 아침 검지를 입에 물고 기어들어가는 말소리로 새어머니께 간청을 해보았다. "저기요, 오늘은 소풍날이니 꼭 도시락을 싸주세요. 네?" 새어머니의 말은 "죽이 끓어야 도시락을 싸지." 조금 있다가 새어머니는 무쇠솥에 풀풀 끓는 죽을 싸리나무 조리로 일렁일렁 휘휘 저어가며 죽 건더기를 건졌다. 저걸 어쩌려고? 설마! '죽도시락'은 아니겠지.

그러나 새어머니는 나물건더기 죽을 손으로 국물을 쭉 짜내고 도시락에 담아주었다. 도시락 한쪽 옆에는 조그만 종지를 꾹 박고 왕소금을 몇 알 넣어주셨다. 막소금이 반찬인 셈이었다. 그리고 국물이 흐를지 몰라 도시락 밑에다가 커다란 호박잎 두 개를 겹쳐 놓고 그 위에 도시락을 놓고 보자기로 싸주셨다.

점심시간 되었다. 모두들 삼삼오오 모여 앉아 도시락을 먹는데 나는 그 자리에 끼어들 수 없었다. 하얀 쌀밥에 계란부침을 밥 위에 덮어온 아이도 있고 유리병 사이다를 가져와 물 대신 마시는 아이도 있는데, 내 도시락은 차라리 꽁보리밥이라도 되었으면 싶었다. 나물죽이 도시락이라니 창피하여 도시락을 먹을 생각은커녕, 눈물도 나오지 않았다. 옛말에는 매도 설맞은 놈이 엄살을 떤다고 하지 않던가. 나는 엄살을 피울 엄두도 못 내고 언젠가 꽁보리밥 도시락을 싸가는 날이 희망이었다. 그날만을 기다리며 성장했다.

그 시절 다들 어렵게 살았다고 하지만 유독 가난한 우리 집은 아무도 이해하지 못할 만큼 힘겹게 살았다. 선생님은 남의 속도 모르고 구경은 나중에 하고 도시락을 다 먹은 아이들은 계곡 쪽으로 어서어서 모이라고 하셨다. 나는 얼른 모퉁이를 돌아가 아무도 없는 나무 그늘 밑에서 죽도시락을 게 눈 감추듯 순식간에 먹어치우고, 눈물 대신 마음을 다잡았다. 이다음에 내가 어른이 되면 아무리 가난해도 아이들의 도시락은 하얀 쌀밥에 계란부침을 얹어주리라 다짐했다.

내가 주부가 된 후에 내 아이들의 도시락은 그나마 정성껏 싸 주었다. 큰딸아이에게는 유리병에 김치를 담아주고, 큰아들 점심은 계란부침, 저녁 도시락은 장아찌를 싸주었다. 막내아들 도시락은 콩조림을 넣어주었다. 그리고 가끔은 더 맛있는 반찬을 넣어주기도 했다. 옛날 죽도시락을 생각하면 고급 도시락이라고 생각했지만, 저녁 늦게 야간 자율학습을 마치고 돌아온 큰아들의 표정이 심상치 않았다.

"엄마, 계란 싫단 말예요. 소고기 장조림이나 햄을 넣어주세요." 라고 했다. 나는 '아차!' 싶었다. 세월이 참 많이도 변했다. 옛날 생각만 하고 있었던 어미가 갑자기 미안했다. 지금은 계란부침도 옛날 죽도시락 취급을 받는구나. 옛날 죽도시락을 싸주시던 어머니와 다를 바가 없구나. 나도 모르게 부끄러운 어미가 되어 있었다.

바가지

다락방 청소를 하다 오래된 바가지를 찾아냈다. 어머님의 바가지는 세월이 많이 흘렀지만 아직도 '달그락 달그락' 맑은 소리를 낸다. 어머님의 손때가 묻어 반질반질한 바가지라서 아무리 낡아도 버릴 수가 없다. 옛날 기억으로는 바가지를 만드는 과정은 쉬우면서도 만만한 것은 아니었다. 잘 익은 생박을 타서 박속을 깨끗이 파내고 큰 가마솥에 엎어놓고 푹 삶아내었다. 박속을 한 번 더 싹싹 긁어낸 뒤 거친 수세미로 마무리를 한 뒤 말리면 바가지가 되는데, 그 마무리를 어떻게 하느냐가 바가지의 품질을 좌우했다. 어머니는 얼마나 정성들여 손질을 했는지 지금도 반질반질하게 윤기가 흐른다. 반백년이 넘은 바가지를 볼 때마다 마음이 아려온다. 어머님이 남기신 것이라 귀중한 물건이다.

옛날부터 바가지는 다양하게 살림도구로 쓰였다. 크기와 모양에 따라 우물에서 물을 퍼먹던 큰 박, 밥을 담아먹는 중간 박, 국이나 반찬을 담는 작은 박이 있었다. 조롱박은 막걸리나 간장을 떠먹는 데 사용되었다. 언젠가부터 예쁘고 단단한 플라스틱 바가지에 밀려나긴 했지만 박은 지금도 다양한 용도로 쓰이고 있다. 바가지에 눈, 코, 입 구멍을 뚫어 탈을 만들거나 통박에다 한지를 곱게 바르면 집안의 장식용 공예품이 된다. 이처럼 쓸모가 많기 때문에 옛날 어머님들은 해마다 박씨를 잘 보관했다가 이듬해 봄이 오면 울타리 옆이나 처마 밑에 구덩이를 깊게 파고 심었다. 박 넝쿨이 자라면 자연스럽게 초가지붕이나 담 위를 타고 올라가게 해주었다. 가을이 오면 풍년의 상징은 보름달 같이 생긴 박이 지붕 위에서 뒹굴고 있는 모습이었다. 박은 풍성한 시골의 모습이고 활짝 웃는 농부의 모습이었던 것이다. 박 이야기가 흥부놀부전에 등장하게 된 것도 우리 조상들의 박에 대한 사랑이 남달랐기 때문일 것이다.

박에는 특히 서민적인 정서가 담겨 있어서 많은 사람들의 사랑을 받게 되는 것 같다. 옛날 가난한 사람들은 사기 밥그릇이 없으면 바가지에 밥을 담아 먹기도 했다. 특히 들일을 하면 일꾼들에게 주어지는 새참이나 막걸리 등은 바가지가 적격이었다. 거기에다 박은 나물도 되고 국거리도 되는 등 다양한 반찬거리가 되기도 하였다. 그만큼 박은 서민들에게 많은 것을 아낌없이 주는 작물이었다.

나도 옛날 박과 바가지에 대한 추억이 많아서 몇 년 전부터 시골

밭에 박을 심고 있다. 작년에는 무릎이 아파 걷기가 힘들 정도였는데 밭에서 따온 아직 약간 덜 익은 박 몇 개를 어떻게 할 수가 없어서 집 옆의 꽃밭에 버렸다. 썩어서 거름이 되라는 뜻이었다. 그런데 올봄에 꽃밭을 가꾸다가 보니, 박의 새싹들이 함초롬한 떡잎을 달고 소복하게 자라고 있는 것이 아닌가?

"어머나! 박이다!"

삼 년 전에 버렸던 박에서 새싹이 올라온 것이었다. 기특하고 신기해서 몇 포기는 그대로 두고 세 포기는 조심스럽게 옥상으로 옮겨 심었다. 매일 박이 자라는 모습을 보면서 생활에 활기가 생겼다. 박 덩굴은 하루가 다르게 쑥쑥 자랐다. 어느 날 저녁에는 하얀 박꽃이 피어 옥상을 환하게 밝히더니 며칠 후 솜털이 보송보송한 아기 박이 달렸다. 가을에는 옥상에 커다란 보름달이 여러 개 떠오를 것을 생각하니 벌써부터 배가 불렀다. 집안에 풍성한 일들이 많이 생길 것 같다. 보름달을 보면서 그리고 커다란 박을 보면서 우리 가족 모두의 건강을 빌어야겠다. 박이 보배다.

6
부

깨알만큼 작았던 내 생각

청원 디지털 사진반
입학 후 첫 작품으로 찍은
백설의 얼음 사진

어찌 보면 남편의 과묵함이 버팀목이었다.
세상만사 마음먹기 달렸다고 하지 않던가?
한 생각 돌리고 보니 지난날 말수 적은 남편에게
왜 불만이었는지 부끄럽기만 하다.
남편의 과묵함이 도리어 아내를 발전시킨 밑거름이 되었다.
미처 깨닫지 못함이 새삼 쑥스럽긴 하지만,
자유롭게 사는 지금 행복한 노후가 되었기에,
요즘은 수필 공부하는 재미에 푹 빠져
젊은 시절 깨알만큼 작았던 생각들이 둥실둥실 하늘을 날 만큼 커졌다.

백설의 노래

흰 눈이 온 세상을 은빛으로 수놓았다. 색색의 물감이나 크레파스로 그린 화려한 그림보다도 백설만으로 그린 풍경이 더 아름답다. 왠지 모르게 노년의 가슴이 두근거린다. 먼 곳에서부터 기분 좋은 소식이 곧 날아들 것만 같다. 옛날 고향 생각이 밥솥의 김처럼 솔솔 피어오른다. 어릴 적 시골집 뒤꼍 장독대 위에 소복소복 눈이 쌓이면 어머니는 하얀 행주치마를 두르고 장갑도 없이 맨손으로 눈을 쓸어내리셨다. 그리고 된장과 간장을 한 국자씩 푹 떠다가 된장국을 끓이셨다. 눈 오는 날 아침, 식구들이 둘러앉아 숟가락 부딪치면서 떠먹던 된장국의 여운이 오늘 아침 눈앞에 어른거린다. 눈이란 매년 보는 것임에도 그해 첫눈은 신비한 기분에 젖어들게 하는 마력을 지녔다.

정초에 오는 눈을 서설瑞雪이라며 천지에 상서로운 기운이 내리는 것으로 생각했다. 그래서 새해 새아침 눈이 펄펄 내리면 모든 사람들에게 희망과 즐거움을 전하며 모든 농작물의 풍년을 예고한다고 믿었다.

눈에도 여러 가지 종류가 있다. 한밤에 살며시 내리는 눈은 도둑 눈이다. 소리 소문 없이 내려 세상을 온통 하얗게 바꾸어놓아 사람들은 아침을 도둑맞은 기분이 든다. 초저녁에 내리는 눈은 첫사랑을 그리워하는 눈이고, 새벽에 내리는 눈은 활력이 넘치는 눈, 함박눈은 풍년을 기원하는 눈, 싸락눈은 세월을 알리는 눈이라고 했다. 그 중에서 내가 싫어하는 눈도 있다. 바로 진눈깨비다. 진눈깨비는 길을 미끄럽게 만들어 사람들을 엉금거리게 만든다.

며칠 전 제주도 눈꽃 여행을 다녀왔다. 우뚝 솟은 한라산과 함께 펼쳐진 설경이 볼 만했다. 한겨울에 피는 꽃 중의 꽃은 눈꽃이요, 눈이 만든 멋진 조각 작품은 상고대다. 겨울 산행은 그것들을 보기 위해 힘들게 산을 오른다. 한라산을 오르는 길은 중턱에서 시작되지만 금세 숨이 턱에 차올랐다. 자꾸만 멈추어 서서 쉬어야 하고 이때다 싶어 주변에 피어 있는 눈꽃을 구경하였다. 어느덧 백록담이 눈앞에까지 다가왔지만 몸은 천근만근 무거워서 한 발짝을 옮기는 게 힘들었다. 그러나 한라산 정상과 백록담이 나를 부르는 듯 지척에 보이는데 포기할 순 없었다. 이때 나만의 착각이었는지 모르지만 부드러운 바람이 불어오면서 눈꽃의 싱그러운 향기가 그 바람에 묻어오는 것 같아 마지막 힘을 내어 한 발자국씩 올라갔다.

마침내 도달한 한라산 정상! 오늘따라 날씨도 화창하여 내가 다녀본 그 어떤 곳과도 비교할 수 없을 만큼 아름다운 설화를 볼 수 있었다. 간간이 구름 사이로 보이는 바다는 그림의 배경이었고 눈 앞의 웅장한 백록담은 그림의 중심이었다. 황홀경에 빠져 사진도 제대로 못 찍었는데 벌써 내려갈 시간이란다. 돌아오는 길도 힘들었지만 가슴은 뿌듯하였다.

지금은 세파에 찌들고 쪼글쪼글해진 노파가 되었지만 나도 순백의 눈꽃 같은 소녀 시절이 있었다. 그때를 생각하면 지금 얼굴과 손에 내린 낙엽 같은 얼룩이 쓸쓸하지만 순백의 설경을 보면서 마음만은 하얗게 순화된 기분이다. 그 친구들도 지금은 모두 호호 할머니가 되어 있겠지. 기억 속에는 아직도 눈 속에서 뛰어놀던 하얀 소녀로 남아 있는데….

집안에서 창밖에 내리는 함박눈을 보고 있으면 나도 모르게 생각나는 노래가 있다. '하얀 눈 위에 구두 발자국, 바둑이와 같이 간 구두 발자국, 누가 누가 새벽길 떠나갔나, 외로운 산길에 구두 발자국.'

멀리 사는 이모님 댁에 생전 처음 갔을 때 일이다. 이종사촌 오빠와 펑펑 퍼붓는 눈을 맞으며 밤거리를 걸어가는데 발밑에서 나는 '뽀드득 뽀드득' 소리가 왜 그리 정겹게 느껴졌는지 생각만 해도 가슴이 뛰었다. 우리는 환상의 나래를 펴고 뚝방길을 한참 동안이나 뛰어다녔다. 그러다가 어느 순간 오빠는 살며시 내 손을 잡기

도 했다. 그때 둘이서 만든 조그만 눈사람은 아마 내 마음 속의 또
다른 내가 아니었을까 싶다.

밤새 백설의 눈이 내린 넓은 들에
아무도 지나가지 않은 눈위에서
나만의 발자국을 남기고
그간에 살아온 발자취를
조용이 되새겨 보는 필자

깨알만큼 작았던 나의 생각

　겨울의 끝자락, 눈처럼 내려쌓인 마음 속 답답함을 털어내보려고 봄 마중에 나섰다. 봄나들이라면 동네 친구들과 산이나 들로 꽃구경을 가거나 멀리 여행을 가는 게 보통이다. 그러나 나는 과묵한 남편이 답답하기도 하고 지나가는 세월이 허무한 느낌이 들어 무언가 새로운 것을 찾아나섰는데 그 봄나들이가 방송국으로 정해졌다. 1993년 3월 둘째 월요일 KBS 아침마당 주부발언대에 출연했다. 나는 부부가 기본적으로 할 말은 하고 살아야 한다고 생각한다. 그런데 남편은 나와 생각이 다른가 보다. 입을 꾹 다물고 말을 아예 하지 않는 것이 기본이요, 내가 묻는 말에도 대답을 잘 하지 않는 사람이다. 어머님은 딸 일곱에 낳은 특별한 아들이라서 시골에서 농사일은커녕 호미자루 한번 손에 들지 않게 곱게 키우셨다. 그래서 그런지 아내인 나는 가슴에다 참깨 알갱이를 달달 볶는데 남편은 태평하기 그만이다.

과묵한 남편 덕에 내가 가지게 된 취미는 방송국에 가는 일이다. 아침마당 주부발언대, 아침마당 생생토크쇼 등 여러 가지 생방송에 출연을 하여 가끔은 상도 타고 수입도 생기니 재미가 쏠쏠하다. 말을 하지 않는 남편 입만 바라보며 살아온 세월이 아깝다. 이제는 손자도 다 키웠고 시간도 내 마음대로 쓸 수가 있어 같이 놀 말상대를 찾아보기로 했다. 하지만 동네 골목에서 하릴없이 수다를 떨어대는 할머니가 되고 싶진 않았다. 이것저것 배워보고 싶은 마음이 장맛비에 봇물 밀고 들어오듯이 솟아올랐다. 동화구연, 노래교실, 풍물장구, 민요장구 등도 배워 공연도 몇 차례 다녔지만 성에 차지 않았다. 앞으로는 일회성보다 무엇인가 남기고 싶은 일을 해보고 싶던 차에 청주시에서 운영하는 글쓰기 교실을 알게 되었다. 그때부터 글쓰기에 도전하게 되었다. 내가 목적의식을 갖고 생활하다 보니, 과묵한 남편이야 있는 그대로 봐주면 되고, 말을 하지 않는다고 속상할 것도 없고, 대답을 제대로 안하는 것도 문젯거리가 되지 않았다.

과묵한 남편이 있었기에 내가 푸념할 대상을 찾았다는 것을 뒤늦게 깨달았다. 하고 싶은 일과 글쓰기 공부까지 하게 되었으니 과묵한 남편 덕분에 깨알처럼 작았던 마음이 넉넉하기로 말하자면 풍요로운 가을날 황금 들녘에 추수를 거두어 드리는 농부의 마음이라 할까? 이제는 남편이 말을 하지 않아도 답답할 것이 없고, 대답하지 않아도 그러려니 생각하다 보니 소소한 일상은 문제가 되지 않는다. 마음의 자유는 각자의 몫이다. 배려하는 마음, 포용하는 마음을 내고 난 후부터는 깨알만큼 작았던 생각이 굽이굽이 흐르는 물결처럼 부드러워졌다. 물줄기는 계곡이 좁으면 좁은 대로 넓으면 넓은 대로 생긴 모양 따라 잘도 흐르듯, 있는 그대로 인정을 하고 보니 홀가분하다. 이 모두가 내 마음의 문제였다. 남편이 문제가 아니라 답답하다고 생각했던 내가 문제였다.

어찌 보면 남편의 과묵함이 버팀목이었다. 세상만사 마음먹기 달렸다고 하지 않던가? 한 생각 돌리고 보니 지난날 말수 적은 남편에게 왜 불만이었는지 부끄럽기만 하다. 남편의 과묵함이 도리어 아내를 발전시킨 밑거름이 되었다. 미처 깨닫지 못함이 새삼 쑥스럽긴 하지만, 자유롭게 사는 지금 행복한 노후가 되었기에, 요즘은 수필 공부하는 재미에 푹 빠져 젊은 시절 깨알만큼 작았던 생각들이 둥실둥실 하늘을 날만큼 커졌다.

청올치로 짠 지직

가을바람에 뒷동산의 칡덩굴이 바싹 말라 떨어졌다. 그 모습을 보니 오랜 세월이 흘렀지만 마치 어제 일처럼 떠오르는 기억이 있다. 할아버지는 작은 아버님댁에서 기거하시다가 어린 나를 돌보기 위해 여름 한철 우리 집에 오셨는데 산에 올라가 청버섯도 따고 칡넝쿨을 채취하여 지직을 짜곤 하셨다.

어릴 적 할아버지께서는 시간 날 때마다 낫을 들고 산에 올라가 칡넝쿨을 채취하셨다. 할아버지께서는 속대를 벗겨내고 겉껍질을 벗긴 후 하얀 속껍질을 가늘게 찢어 엄지 검지로 싹싹 부비면 청올치라고 하는 하얀 노끈이 만들어졌다. 나는 할아버지 어깨 너머로 보고 배워 청올치 끈을 동글동글 말아두었다 물건을 묶을 때 잘 활용했었다. 요즘 사용하는 나일론 끈은 쓰고 버리면 환경을 파괴하지만, 칡으로 만든 청올치 끈은 쓰고 버려도 자연으로 돌아가 식물의 거름이 되었다.

할아버지는 낮에는 칡덩굴을 채취하고 밤에는 속대와 겉껍질을 벗기는 작업을 하시고, 마치 시험공부 하는 학생처럼 잠은 조금밖에 못 주무셨다. 또 다음날은 왕골을 베어다가 잘 간추려서 지직을 짜셨다. 왕골을 틀에 올려놓고 청올치 끈에 추를 달아 앞뒤로 왔다 갔다 하면 지직이 촘촘히 짜지곤 했다. 할아버지는 하루는 칡덩굴을 채취하고 다음 날은 왕골을 베어다가 지직을 짜곤 하셨다.

흙 방바닥에 돗자리 한 장만 펴놓으면 매미도 시원한지 자지러지게 울어대었다. 가끔 들르는 방물장수가 외진 산골 마을에도 들어왔다. 방물장수는 우리 집에 물건을 팔아보려고 찾아오는 게 아니었다. 할아버지의 지직 솜씨가 남달리 매끈하고 곱게 짠 것이 탐이 나서 물물교환을 하려고 찾아오는 것이었다. 할아버지가 산에 가시고 안 계실 때에는 돌아오실 때까지 한나절이나 온종일을 기다렸다가 간고등어 한손과 양말 몇 켤레를 내놓고 지직을 달라고 했다. 그럴 때마나 나는 고등어가 먹고 싶어 할아버지에게 매달리곤 했다.

"할아버지 고등어, 고등어 먹고 싶단 말이에요." 그런 날은 할 수 없이 곱게 짠 지직을 내놓으시고 고등어 한 손과 맞바꾸었다. 내가 철없이 보채곤 했던 그 지직은 고등어 한 손과 바꿀 수 있는 것이 아니었다. 지금 생각해보면 고등어 한 상자는 내어놓아야 할 만큼 잘 만든 지직이었다. 그만큼 할아버지의 지직은 혼신의 정성을 다

하여 한 올 한 올 짜내려간 작품급 지직이었다.

"할아버지, 죄송합니다. 그때 제가 철이 너무 없었나 봅니다. 그렇게 여러 날 걸려서 한 올 한 올 짜내려간 지직을 고등한 한 손과 바꾼 것이 꼭 저 때문이었던 것만 같습니다. 손에 피가 나도록 짠 보물 같은 그것이 왜 고등어 한 손의 가치밖에 되지 않았는지 지금도 잘 모르겠습니다."

초보 농부

    느리울 가는 길에 상궁 저수지 앞을 지나다 보니 봄바람이 코끝을 스친다. 멀리서 불어오는 산바람에 가슴이 뭉클하다. 어릴 때 산속에서 성장을 해서일까. 산을 바라보면 몸과 마음에 활기가 느껴진다. 이곳이 그냥 옛 고향 같다. 생전 처음해보는 농사일이지만 마음은 고무풍선처럼 하늘을 둥둥 떠다닌다. 밭농사는 노동이라고들 한다. 노동이면 어떤가. 나는 운동이라고 생각하면 되지. 겁도 없이 뛰어들었다. 나 같은 사람을 보고 하룻강아지 범 무서운 줄 모른다 했던가.

    칠순을 넘은 나이에 농사를 짓는다고 하니 다들 말렸다. 뚱딴지 같은 자신감에다 사오정처럼 용기를 내어 밭이랑을 고르고 약초부터 심기 시작했다. 자신감에 들떠 있는 이 마음 누가 알까. 처음 해본 농사일은 그리 호락호락한 것이 아니었다. 그래도 부푼 마음은 마냥 즐겁기만 하니 천상 누룽지와 북어대가리인 것 같다. 가난한 집 어머니가 누룽지만 먹고 살다가 부자가 되었는데도 그 버릇을 못 버리고 평생을 누룽지만 먹고 살았다고 한다. 초보농부 막상 해보니 풀 한 포기 뽑는 것도 내 힘으로는 버겁기만 한데 심고 싶은 것은 아직 절반도 심지 못했다.

  풀들이 서로 다투어 쑥쑥 밭고랑을 뒤덮는다. 여간해선 풀과의 전쟁에서 벗어날 수가 없다. 아랫고랑에 먼저 심어놓은 감자 옆에 살짝 달라붙어 자라는 풀들을 바라보면 눈앞이 캄캄하다. 느릿느릿 풀을 뽑아보지만 어림도 없으니 난감할 뿐이다. 잡풀도 모양과 성격이 천태만상이다. 어떤 놈은 풀포기가 커서 초보농부 손에 잡아지질 않고, 또 어떤 놈은 포기는 가느다란 게 작지만 뿌리가 길고 깊숙이 뻗어 도대체 내 힘으로는 뽑아지질 않는다.
  곡식을 심는 것은 뒷전이고 초보 농부 오전 한나절 풀 뽑기가 힘에 겨워 풀포기를 손으로 잡은 채 넋두리 해보지만 소용이 없다. 그만 해야 되겠지만 "망초대야 너는 무엇을 먹고 그렇게 키가 컸니." "나는 어렵게 자라서 키도 작고 힘도 약하단다." 풀잎에게 하소연 해가며 혼자 피식 웃어본다. 잎은 가냘픈 데 비해 뿌리는 길고 단단하게 뻗어 있는 바랭이가 밉기도 하고 이 또한 힘에 부치기는 다를 바가 없다. 하루 종일 흙과 풀하고 뒤엉키다 보면 힘은 들면서도 마음만은 즐겁고 행복하다.
  날씨가 내 속을 바싹바싹 태운다. 어떻게 심는 것인지 잘 모르면서 참깨 씨앗만 한줌 가지고 밭고랑에 앉았다. 이웃 아주머니가 "채은이 할머니, 참깨는 그냥 밭에 뿌리면 안 되고 이렇게 심어야 해요."라고 잘 알려준다. 밭이랑을 깊이 파고 비닐을 씌운 다음 뾰쪽한 나무 막대로 꾹꾹 구멍을 뚫고 박카스 병뚜껑에 못으로 구멍을 두 군데 뚫었다. 병 속에 참깨를 넣은 후 두어 번 살짝 흔들어가며 조심스럽게 심었다. 초보 농부 잘할 줄도 몰라서 한나절이나 걸렸다. 참깨 농사는 보기보다는 상당히 어려웠다.

참깨를 두 고랑 심었는데 이렇게 힘이 드니 어머님 생각에 가슴이 멘다. 어머님께서 하루는 고추를 따라고 하셨다. 딱 한 번 고추를 따보고는 하지 말아야 할 말씀을 어머님께 드린 적이 있다. "어머니 내년부터는 고추 심지 말고 사먹어요. 저는 힘들어서 고추 못 따요."라고 서슴없이 말했었다. 지금 내가 농사를 지어보니 가슴이 아려 온다. 평생을 농사일만 해오신 어머님의 심정을 미처 배려하지 못했다. 어머님은 그래도 빙긋이 웃으시며 "고추 따기가 힘들었구나."라고 하시며 웃기만 하셨다. 철없는 내가 얼마나 한심하게 보였을까? 세월은 사람들을 철들게 하고 인생 공부를 시키게 되나 보다. 하지만 지금 나는 어머님의 지혜에 한참 못 미치는 것 같아 부끄럽다.

손편지

    바람에 휘날리는 낙엽이 세찬 눈보라 속에서 차갑기만 한 겨울 밤, 이런 밤엔 가족의 온기가 뜨거운 난로의 열기보다 더 따스하다. 계사년을 보내고 갑오년 새해를 맞이하면서 가족의 따뜻한 사랑을 담아 손편지를 써보기로 했다. 우리 집 대들보 큰아들, 큰며느리, 맏이 고명딸, 막내며느리에게 4통을 써놓고 보니 마음이 푸근해지면서 부자가 된 기분이었다. 나 혼자만의 기쁨에 마음은 두둥실 하늘로 풍선처럼 날아오를 것 같았다. 스마트폰 하나면 아주 손쉽게 연락을 주고받을 수 있는 시절에 굳이 손편지를 쓰는 것이 왠지 시대에 뒤떨어진 생각인 것 같지만, 그래도 쓰는 사람이나 받는 사람에게 느껴지는 정감은 다를 것 같다. 내친 김에 평소 존경하는 선생님과 친구, 가까운 지인들에게도 또박또박 손편지를 썼다. 멋있는 표현이나 문장은 없지만 진솔함 하나면 그들에게 내 마음을 전할 수 있을 것 같아서 정성껏 한 줄씩 써내려갔다.

얼마 전 남편과 함께 칠순을 맞이하여 상차림은 생략하고 가족이 모두 모여 점심식사를 하는 것으로 축하를 받았다. 식사가 끝날 즈음 손자손녀들이 모여들면서 선물을 전하겠다고 한다. 아이들이 무슨 선물을 할까? 궁금하였는데 여섯 명의 손자손녀들이 서로 다투듯 조그만 선물상자를 내어놓았다. 귀엽고 대견한 손자손녀들의 선물이라 더욱 반갑고 즐거웠다. 저녁에 모두 다 돌아가고 난 뒤 선물꾸러미를 하나씩 풀어보았더니 작은 선물과 함께 정성껏 써내려간 손편지가 하나씩 들어 있었다. 어린 손자손녀들의 편지는 겨울밤 김이 모락모락 나는 백설기 떡 같은 쫄깃함과 갓 구워낸 군밤 같은 달콤함이 들어 있었다.

편지를 읽다보니 밤이 깊어가는 줄 몰랐다. 아직 어린아이라고 생각했는데 벌써 어엿한 청년과 숙녀가 다 되었다는 생각에 감동의 눈물이 솟았다. 남편과 함께 아이들의 손편지를 읽고 또 읽으면서 행복한 밤은 어느덧 깊어갔다.

〈유진이의 편지〉

사랑하는 할머니께.

할머니! 저 큰손녀 유진이에요.

생신 정말 축하드려요. 손녀딸이 되어서 지금껏 생신 한 번 제대로 챙겨드린 적이 없는 것 같아서 죄송해요. 바쁘다는 핑계로 자주 찾아뵙지 못한 것도 마음에 걸려요. 엄마 아빠 두 분 다 직장을 다니시느라 어렸을 때 할머니가 저랑 채은이를 돌봐주시느라 힘드셨죠? 이제 할머니 속 안 썩이고 공부 열심히 하고 자주 찾아뵙는 착한 손녀딸이 될게요.

할머니 요즘 자주 체하셔서 음식도 많이 못 드신다면서요? 제가 드리는 '자유시간'을 드시고 밥도 조금씩 맛있게 드세요. 집에서 TV를 보면서 짐볼로 틈틈이 운동도 하세요.

할머니 사랑해요.

《유진아 고맙다. 기특하게도 할머니의 건강까지 생각해 주어서 나는 행복하단다. 그리고 너는 특히 제일 큰 손녀라 더 많이 믿고 정이 많이 간단다. 부디 열심히 노력하여 이 할머니에게 기쁨을 가득 전해주렴.》

〈채은이 편지〉

사랑하는 할머니께

할머니 생신을 축하드려요. 여러 가지 일이 겹쳐서 할머니 생신이 다가오는지 미처 몰랐어요. 갑자기 할머니 생신이라고 듣고 무슨 선물을 살까 고민하다가 제가 생일 케익을 사드리기로 했어요. 처음에는 할머니가 편하게 입으실 수 있는 몸뻬바지를 살까 했다가 케이크가 더 좋을 것 같아 마음을 바꾸었어요. 다음에는 예쁜 바지를 사 드릴게요. 다시 한번 생신 축하드리고 할아버지, 할머니 오래오래 행복하게 사시길 빌어요. 저를 키워주셔서 감사합니다.

《채은아, 고맙다. 벌써 철이 다 들었구나. 어렸을 때는 할머니를 좀 힘들게 하였는데 지금 어엿한 숙녀가 되어서 할머니는 뿌듯한 보람을 느낀단다. 그리고 너의 편지를 채곡채곡 잘 모아 두었고 가끔씩 꺼내 즐거운 마음으로 읽어본단다. 엄마 아빠 말 잘 들어라. 땡큐, 이채은!》

새엄마가 오던 날

아침 일찍 아버지가 부산하시다. 그때 내 나이 일곱살, 엄마가 돌아가신 지 일 년밖에 안 되었는데, 아버지는 얼른 아침 먹고 새 엄마 오시는데 머리 이쁘게 빗고 새 옷 갈아입고 마중가자고 하신다. 나는 어린 소견으로 아버지한테 대들었다. "우리 엄마는 땅 속에서 잠자고 있는데 엄마는 무슨 엄마! 땅속에 우리 엄마 다시 데리고 오란 말이야." 펑펑 울면서 몸부림쳐봤지만 내 운명은 이미 정해져 있었다.

아버지 손에 이끌려 새어머니 마중을 가게 되었다. 집에서 한 오리쯤 고개를 넘어갔는데, 구부러진 모롱이를 넘어 오는 사람이 있었다. 아버지가 저기 오신다 하는데 바라보니 어머니는 머리에 옷 보따리인지 무엇을 이고 오시고 그 뒤에 조그마한 나보다 조금 큰 남자아이가 지게에다 무언가를 지고 있었다. 나중에 내가 알게 되었지만 아버지가 이북에서 피난 나온 새어머니와 아들을 우리 집에 시집오면 밥을 얻어먹으러 걸식하지 않아도 된다고 그럴싸하게 거짓말을 하고 데려왔다고 한다. 그 오빠는 나보다 두 살 위였다. 그날 저녁 꿈에도 그리던 밥과 동태국이 밥상에 차려졌다. 아뿔싸! 서러움은 그때부터였다. 꿈에도 그리던 생선국이었지만 내 국그릇 속에는 동태가 한 토막뿐이고, 오빠 국 속에는 두 토막이었다.

"아버지 나는 밥 안 먹을래. 무엇 때문에 여기는 우리집인데 저아이 국그릇 속에는 고기가 두 토막인데 나는 왜 한 토막밖에 없어요? 저 애는 우리 식구도 아닌데, 가라고 해." 손에 들었던 숟가락을 집어던지고 발버둥치며 대성통곡을 하면서 울었다. 그때 새어머니는 울부짖는 나를 달래며 "아가야, 너는 동태 가운데 토막제일 큰 것이고, 저 아이는 대가리와 꽁지란다. 자세히 보렴." 그래도 나는 만족하지 못했다. "그럼 나도 꽁지라도 하나 더 넣어주어야지, 왜 기분 나쁘게 달랑 한 토막이야." 철없는 나 때문에 저녁상은 눈물바다로 변했다. 결국 아버지와 새엄마의 국그릇에서 생선한 토막씩 내 국그릇으로 건너왔다. 내 국그릇의 국물은 밥상 위에 흘러넘쳤고 오빠는 기분 나쁘다며 밖으로 나가버렸다. 그날 이후 오빠는 우리 아버지만 없으면 무슨 핑계를 대고 나를 두들겨 패기 시작했다. 아버지는 무엇이 그리 바쁜지 매일 아침 식사 후 외출을 하시고 새엄마와 오빠는 하루 종일 단짝처럼 정답게 지내는 모습이 너무도 부러웠다. 나만 홀로 쓸쓸이 외톨이가 되었다.

초등학교 일학년 때의 일이다. 그 당시 시골집은 싸리나무 울타리였다. 아침에 멀건 시래기 나물죽 한 그릇 먹고 학교 갔다가 집에 돌아오면서 울타리 사이로 집안을 들여다보게 되었다. 언뜻 들여다본 모습은 나에게 큰 충격이었다. 새엄마와 오빠가 양푼 가득 밥을 퍼넣고 큰 바가지에 있던 푸성귀를 듬뿍 넣은 다음 고추장에 쓱쓱 비벼 맛있게 먹고 있었다. 나도 모르게 침이 꿀꺽 넘어가고 허기가 몰려왔다. 얼른 뛰어들어가 "나도 좀 주세요." 하고 싶었지만 그러지 못하고 참아야 했다. 혹시라도 새엄마의 눈치와 오빠에게 얻어 맞을까봐 집으로 들어가지 못하고 눈물을 머금은 채 곧바로 엄마 산소로 뛰어가 펑펑 울었다.

"엄마, 잠자지 말고 빨리 나와. 나도 밥 먹고 싶어요. 그 오빠랑 새엄마는 지금 밥을 먹고 있단 말이야."라며 손으로 산소 봉분 위의 잔디를 쥐어뜯으며 울었다. 울다가 지쳐버렸는지 밤이슬이 내리는 봉분 위에 엎드려 잠이 들었다. 아버지는 내가 없어진 걸 아시고 밤늦도록 찾다가 혹시나 하는 마음에 산소로 오셨다. 잠든 나를 끌어안으시고 대성통곡을 하셨다.

나의 어린 시절은 그렇게 지나갔다. 지금 생각하면 철없이 지난 세월이고 가슴 아픈 기억이지만 그러한 시간들이 나를 더 억척같이 만들고 용기 있게 만들었다. 다시 돌아가고 싶은 생각은 추호도 없지만 새엄마와 오빠에게도 원망이나 미움이 남아 있지 않다. 그저 그것은 내 인생의 일부이고 내 운명이라는 생각뿐이다.

고추화분

아직 추석이 보름이나 남았는데 아침저녁은 벌써 쌀쌀해졌다. 옥상에 심어놓은 고추화분에 눈길이 갔다. 날씨가 추워지면 얼어죽을 터인데…. 언젠가 햇볕 잘 드는 거실에서 관리만 잘하면 겨울에도 고추를 따 먹을 수 있다는 말을 들었던 기억이 떠올랐다. 옥상의 고추화분 여섯 개 중 제일 튼실하고 꽃이 마디마디 핀 것 두개를 골라 비료와 물을 주면서 튼튼하게 기르기 시작했다.

식물에게는 거름이 좋다고 해서 시골 갔다 오는 길에 남의 밭 뚝모퉁이에 소복이 쌓여 있는 소똥거름을 조금 가져와서 주기도 하였다. 그것도 모자라 시골 큰형님 댁 아궁이에서 불 땐 재를 비닐봉지에 가득 가지고 와서 고추 화분에 얹어주었다. '올겨울에는 고추값은 안 들이고 반찬을 해먹을 수 있겠구나' 상상을 하면서 부지런히 키웠다. 고추포기가 건강해야 잘 살 수 있을 터이니 온갖 정성을 다했다. 아침 일찍 물을 한 바가지씩 줄 때는 벌써 고추가 주렁주렁 달리는 꿈을 꾸었다. 한겨울 거실에서 풋고추를 따 된장에 푹 찍어먹을 생각에 부풀어 하루에도 몇 번씩 옥상에 들락거리며 보살폈다. 어쩌면 하얀 고추꽃, 푸른 풋고추, 붉은 홍초고추가 주렁주렁 열려 있으면 즐거움보다 보는 즐거움도 있을 것이란 꿈마저 꾸기 시작했다.

거름을 주고 3일쯤 되던 아침, 옥상에 올라갔다. 아! 이런, 무언가 잘못되어 있었다. 거름을 주지 않고 관심도 없었던 화분 네 개는 잎이 싱싱하고 하얀 꽃이 마디마다 피었는데, 거름을 주고 정성을 들인 화분에는 잎이 시들시들하고 가지가 축 늘어져 있었다. '왜 이러지?' 가만히 살펴보니 나의 욕심이 과했다는 걸 알 수 있었다. 그래도 포기할 수 없었다. 다시 살려보기로 하고 거름을 좀 걷어내고 다른 화분의 흙을 퍼와서 섞어주었다. 아픈 아기의 병구완을 하듯 조심스럽게 물을 주었다.

다음날 아침 혹시나 살아날 수 있을까 마음을 졸이며 고추 대를 만져보고 시든 잎에 물을 축여 보았지만 잎은 이미 말라가고 있었다. 이번에는 밖의 마사 흙을 떠와서 뿌리 근처에 뿌려주고 다시 물을 주어 너무 진한 거름들이 씻겨나가도록 해주었다. 하지만 허사였다. 그 다음날엔 결국 사망진단이 났다.

그동안 들인 정성과 노력이 허무해서 옥상 바닥에 주저앉고 싶었다. 부풀었던 마음은 고무풍선에 바람 빠지듯 한순간에 빠져나갔다. 고추가 한겨울 겁실에서 튼실하게 잘 자라면 가족, 친지, 지인들에게 보여주겠다던 부푼 꿈이 욕심을 부르고 그 욕심은 결국 일을 그르치고 말았다.

과유불급過猶不及이란 말이 있다. 지나침보다 못 미침이 더 낫다는 뜻이다. 무엇이든지 적당해야 한다는 진리를 이번 기회를 통해 뼈저리게 느꼈다. 식물도 그러한데 사람을 기르는 일이야 더욱 조심스럽게 해야 한다는 사실을 다시 깨닫게 되었다. 애들을 키울 때는 그래도 그 점을 늘 명심하면서 살아왔는데 나이가 들면서 나도 모르게 과욕을 부린 결과가 되고 말았다.

하지만 내가 누군가? 한 번 하겠다고 마음을 먹으면 꼭 이루어내고야 만다. 내년에는 올해의 경험을 되살려 이듬해 봄까지야 어렵겠지만 한겨울에 한두 개의 고추만이라도 달리는 정경을 만들어 보기로 결심하였다. 지성이면 감천이라고 했으니….

충북일보 문 화

산새의 모성

시·수필과 함께하는 봄의 향연

새끼를 살리기 위해
어미새는 잡힐지도 모르고
위험을 감내하며
나의 시선을 돌려보려고
애를 쓰고 있다

내가 만약 이런 상황이라면
저렇게 할 수 있었을까

민안자 작가
-충북대평생교육원 수필창작 수강
-푸른솔문학 신인상
-푸른솔문인협회 회원
-공저: <삶의향기>, <꿈꾸는 나그네>외 다수

봄의 계절은 몸단장으로 연둣빛 열정을 알알이 매달고, 조르르 피어난 벚꽃의 향긋한 냄새가 산사를 뒤덮는다. 언연히 찾아와 내 몸에 나이테를 남기는 봄의 흔적들 속에서 산새들의 지저귐은 봄꽃과 같이 내 마음을 흔들어 놓는다. 오늘은 특별한 날이다. 온 가족이 산사로 봄나들이를 갔다. 손자들은 모처럼 걸어보는 산길이 신기한 듯 앞질러 뛰어간다.

숲속을 지나가는데 갑자기 '푸드득' 소리가 났다. 예쁜 깃털에 아주 작은 산새다. 참 아름다웠다. 나의 발걸음 소리에 놀란 어미 새가 둥지에서 땅바닥으로 뛰어내린다. 어미 새는 날개를 펼쳐야 날 수 있을 텐데 날개를 반은 접고 뒤뚱거리며 걸어간다. 짹짹거리며 애달프게 운다. 남편은 나뭇가지에다 지은 새 둥지 안을 들여다보며 새끼가 다섯 마리 있다고 한다. 그때다. 어미 새는 아예 땅바닥에서 뒹굴고 있다. 새끼는 부화한 지 얼마 되지 않은 알몸이었다. 솜털도 하나 없는 새끼는 어미의 위험 신호를 알아들었는지 움직이지도 않고 죽은듯이 가만히 숨죽이고 있다. 그 모습이 신기하면서도 마음이 애잔하다.

까치처럼 높은 미루나무에다가 알을 낳아 놓으면 동물이나 뱀, 뻐꾸기 같은 힘센 적들의 피해를 보지 않겠지만, 작은 산새는 야트막한 나뭇가지 위에 둥지를 틀고 알을 낳는다. 알둥지를 발견하면 누구나 손만 뻗으면 알을 꺼낼 수가 있다. 그렇게 위험한 곳에서 어미는 집을 짓고 사명을 다한다. 불리한 조건에서도 해마다 종족을 번식시키기 위해 모든 노력을 다하는 모습이 가히 대견스럽다. 어미 새는 우리 일행을 뒤돌아보며 말은 못하지만, 새끼가 있는 둥지로 가지 말고 나를 잡으라고 손짓, 발짓 다 해가며 울부짖는다. 어미 새의 모성이 대단하다.

지금은 시대가 변했다고는 하지만 우리 젊은이들은 아이를 하나만 낳아 기르면서도 힘들다 하고 아예 낳지 않는 부부도 있다. 저 작은 새의 삶을 보며 모성을 본받아야 할 것 같다는 생각을 했다. 새끼를 살리기 위해 어미새는 잡힐지도 모르고 위험을 감내하며 나의 시선을 돌려보려고 애를 쓰고 있다. 내가 만약 이런 상황이라면 저렇게 할 수 있었을까. 예전에 어른들이 무엇을 하려다가 얼른 생각이 나지 않으면 새대가리인가. 이런 말을 했었다. 나는 하늘과 산하를 모두 하나로 품어 안아 보아도 산새의 영리한 머리에 미치지 못 할 것 같다.

따뜻한 봄 햇살 속에서 산새들의 지저귐은 봄꽃과 같이 마음을 들뜨게 하는 계절이다. 봄은 생동감 넘치는 활력소를 뿜어낸다. 새로이 꽃을 피워내고, 새들은 알을 품어 여러 마리의 새끼들을 작은 한 몸으로 지켜내는 모습은 가히 찬탄할만하다.

나는 봄을 좋아한다. 나는 온갖 벌, 나비들이 모여들어 봄의 축제를 여는 시골 마을에서 성장했다. 어릴 때는 살생이 무엇인지 몰랐다. 산속 숲의 새둥지에서 인정사정없이 꿩 알, 뜸부기 알, 콩새 알, 참새 알, 작은 산새 알까지 동구리에다 주워 다가 먹었다. 새알을 깨지지 않게 나뭇잎으로 싸서 잿불에 구워먹었다. 그때는 동심에 젖어 즐거움만 알았지 새들의 고통은 몰랐다. 돌이켜 보면 어미 새가 얼마나 가슴 아파했을 지 생각조차 못했다.

어릴 때 모르고 저지른 살생이었지만 지금 생각해보면 새들에게 해서는 안 되는 죄를 저질렀다. 이제는 멀리 바라다 보이는 나무줄기 가지에 새둥지가 있어도 조심스럽게 피해 다닌다. 빛바랜 추억들이 알알이 영글어가면 어릴 적 일이지만 마음속의 죄를 새들에게 용서 받고 싶다.

멀쩡한 거짓말

시·수필과 함께하는

여름의 추억

1960년대는 사람이 순진해서
허풍을 떨어도 믿기 때문에
장사를 해도 정이 담겼다
선의의 거짓말을 해도
서로 이해하며 살았다

요즘은 경계가 어려운 시대
그래도 재래시장에 가보면
옛 정서가 그대로 머물러 있다

신록이 우거진 싱그러운 바람도 쐬고 입맛을 돋우는 아욱국이나 끓여 먹어보려고 시장으로 발길을 옮긴다. 건새우를 사러 건어물 가게로 갔다. 가게 안주인은 엄전하게 가게에 앉아 있고 바깥 사장님이 카세트테이프를 틀어놓고 건새우를 팔고 있다.

"싱싱한 새우 사세요. 눈을 감았다 떴다, 허리를 구부렸다 폈다. 눈알은 동글 동글하고 까만 눈동자는 반짝반짝, 팔딱팔딱 뛰는 새우 사세요."라고 한다.

"사장님, 허리를 구부렸다, 폈다 하는 새우 주세요."

"네, 여기 있습니다."

"어디요? 이거는 허리를 구부리기만 있네요. 폈다, 구부러진 않는데요?"

이때 가게 안에서 사장님이 나오더니 화를 버럭 내면서 "우리 집 일반이나 손님이나 똑같군요. 어떻게 죽은 새우가 허리를 폈다, 구부렸다 합니까?" 재빠른 손놀림으로 비호같이 카세트를 꺼버리고는 남편에게 쓸데없이 거짓말 하지 말고 장사를 제대로 하라고 한다. 웃자고 농담으로 한마디 한 게 화근이 됐다. 가게 안주인이 너무 단순하다. 나 같으면 "햇살이 통통하고 펄떡펄떡 뛰는 새우 사세요." 라고 하며 한마디 더 거들었을 것 같다. 어차피 건어물 가게인데 웃자고 하는 소리가 아니겠던가. 멀쩡한 거짓말인 알면서도 나도 모르게 발길을 멈추고 말았었다.

기왕에 장사를 좀 먹고 살기위해 남자 분은 손님을 불러들이려고 선의의 거짓말을 했을 뿐이다. 반짝반짝 그 익살스러운 재미에 지나가던 아주머니들이 발길을 멈추고 손님들이 모여들었는데, 허리를 구부렸다 폈다 하는 익살이 없으니 모였던 사람들이 싱거워서 뿔뿔이 흩어진다. 아주머니들이 건새우를 사러 왔다가 그냥 가버린다.

할 수 없이 내가 "사장님, 카세트 틀어 놓으세요. 웃자고 하는 말이지 죽은 새우가 어떻게 펄떡펄떡 뛰겠어요." 라며 한마디 하고는, "까만 눈동자가 반짝반짝 하는 새우하고, 펄떡펄떡 뛰는 멸치 한 근 주세요." 라고 했다. 주인아저씨는 싱글벙글하며, 건새우와 멸치를 봉지에 담아서 건네주며 고맙다고 연신 고개를 숙인다. 여름 받아들고 시장을 한 바퀴 돌아 집으로 오면서도 건새우 파는 아저씨의 멀쩡한 거짓말이 밉지가 않았다.

나도 한 때 저런 거짓말을 하면서 장사를 하던 젊은 시절이 있었다. 오래된 기억 속에 부산 국제시장에서 옷 장사를 하는 고모님 댁에서 장사를 배웠다. 그때의 거짓말은 뚱뚱한 손님이 오면 이 옷을 입으면 날씬해 보인다고 했다. 키가 작은 사람이 오면 이 옷을 걸치면 키가 커 보인다며 웃소리를 냈다. 멀쩡한 그 거짓말보다는 그때도 손님의 마음을 살피며 심리를 이용하여 상술을 꾸몄다. 어느 때는 손님들은 속아 넘어가고, 기분 좋아서 한 가지만 사러 왔다가 두개 세 개씩 사들고 가면 고모가 대번 눈빛이 달라진다. 그날은 점심도 백반에서 곰탕으로 품격이 달라진다.

손님이 오면 그럴싸한 거짓말을 잘 하느냐에 따라서 하루에 매상이 달라졌다. 판매를 많이 하게 되면 고모한테 잡힌다고 칭찬도 받았다. 멀쩡한 거짓말에 손님도 기분이 좋고, 장사하는 사람은 돈 벌어서 좋다. 거짓말을 한다 해도 손님이 마음에 들지 않으면 사지를 않는다. 아무래도 손님이 마음을 읽고 옷의 디자인이나 색감, 느껴지는 정감이 있을 때 권하게 된다. 때로는 장사를 하려면 필요에 따라 거짓말만 아니라 허풍스러움을 떨게 된다.

1960년대 그때는 사람들이 순진해서 허풍을 떨어도 정말로 믿기 때문에 장사를 해도 정이 남았고, 선의의 서튼말을 해도 치로가 이해를 하며 살았다. 지금 생각해보니 멀쩡한 거짓말 같은 상술에 손님들은 춤도 속아 넘어 갔다. 그 시절 본의 아니게 허풍이 담긴 말을 해서 미안스럽다. 그러나 멀쩡한 거짓말은 아니었다.

요즘 우리는 경계가 어려운 시대를 살아가고 있다. 서민 일수록 더욱 힘들게 살아간다. 그래도 옛 시장에 가보면 고유의 전통문화를 지키며 살아가는 지난날의 정감에 푹 빠져 살맛이 난다. 아무리 시대가 변했다 해도 재래시장은 세월이 가지 않고 삶의 옛 정서가 그대로 남아 머무르고 있다. 여릴수록 서로 서로가 가난을 극복해 가는 우리의 문화를 느끼는 재래시장에서 인정을 혼으며 함께 정을 나누며 살아갔으면···.

민안자 작가
-충북대 평생교육원 수필창작 수강
-푸른솔문학 신인상
-푸른솔문학 작가회 회원
-공저: '삶의 향기', '꿈꾸는 나그네', '마음의 소리' 외 다수

작품해설

『국제시장 똑순이』수필집을 읽으며 본
민안자의 작품세계

김홍은(충북대학교 명예교수)

수필은 인생 체험의 값진 지혜와 지식을 담아놓은 하나의 그릇이다. 그동안 잊고 살아왔던 언어의 문장들이 삶의 정곡을 찌르거나 때로는 해학과 재치로 깨달음으로 즐거움을 주는 글이 수필집이다.

문학을 멀리하고 사는 사람은 삶의 진실한 가치를 모른 채 허무한 인생을 살다가 가고 만다.

문학의 묘미는 바로 여기에 숨어 있다.

민안자 수필가는 예사롭지가 않은 문인이다. 그와 대화를 하다보면 인생열전을 듣는 기분이다. 예지가 있고, 지능과 눈치가 빠르고 산전수전을 다 겪고 난 그의 인생사는 그 누구도 따를 수가 없다. 민안자 수필가와 대화를 나누다보면 시간 가는 줄을 모른다.

민 수필가의 이야기다. 그는 집안의 셋째 딸로 태어났으며, 아버지는 돈을 많이 벌었으나 재산을 모두 탕진하였고, 어머니는 병마와 싸우는데 죽 한 그릇 못 끓여드렸다. 여섯 살 때 6·25사변이 일어났으나 어머니 때문에 피난을 갈 수도 없어, 죽어도 같이 죽고 살아도 같이 살자며 엄마 손을 부여잡고 가족이 목 놓아 울었다. 엄마는 병이 깊었으나 전쟁 중이라 사람들도 없고 약도 살 수가 없었다.

어머니가 눈을 감고 영원히 저세상으로 떠나고 말았다. 마을 사람들이 없으니 장사 지낼 것도 없이 어머니가 쓰시던 이불 호청으로 덮은 채 집 근처 산에 묻은 것이 장례 전부였다.

나이 일곱 살, 엄마가 돌아가신지 일 년밖에 안되었는데, 아버지는 새엄마를 맞아들였다.

동생 똥기저귀 빨기 위해 얼음을 깨트려 빨래를 하느라 겨울만 되면 손등은 마치 가뭄 뒤에 논바닥이 갈라지듯 갈라졌다. 멀건 죽을 한 대접 먹고, 똥 기저귀 빨고 눈 쓸고 얼어붙은 몸이 녹을 여유도 없이 몽당연필 한 자루, 양철필통에 넣고 책 몇 권과 공책이라곤 국어, 산수 공책 두 권을 책보자기에 돌돌 말아 허리에 메고 20리 길을 부지런히 걸어가야 수업 종 치기 전에 도착할 수 있었다.

새엄마가 무서워서 온갖 고생을 다 하면서도 힘들다는 표현을 하지 못했다. 생일이 음력 5월 중순인데 생일날 처음으로 먹어본 조당숙이라고 하는 좁쌀죽을 먹었다. 매일 매일 조당숙만 먹고 살아봤으면 하는 생각이 소원이었다. 배는 고프고 누가 밥 한 숟가락

줄 사람이 세상천지 한 사람도 없는 것 같아, 엄마 산소에 찾아가서 땅속에 있는 엄마를 목이 터지도록 불러 봤다.

열두 살이 되었을 때 창피하고 부끄러움은 알 만한 나이였다. 부산 국제시장에 사는 고모한테 가게 되었다. 며칠 후 고모가 할 일을 알려 주었다. 아침에 시장에 가서 가게 문을 열어 놓고 오후에 집에 와서 저자를 보라는 일이다. 고생문은 이때부터 시작이었다. 가게 문 여는 것이 그리 만만치가 않았다. 무거운 문짝이 한 가게에 열두 개나 있었다. 그것 뿐이랴. 고모네 가게는 국제시장 4공구 A동 특1호에 하나 있고, 5공구 A동 13호에도 점포가 있었다. 무거운 문을 열고 닫는 일은 여간 힘든 일이 아니었다.

고모님 댁에 올 즈음은 초등학교 4학년 쯤 다녀야 했는데 토성 초등학교 야간을 다니며 주경야독晝耕夜讀을 했다. 그 기쁨도 얼마 지나지 않아 두 달 만에 들통이 나 학교를 다닐 수 없게 되었다. 다음 해 남일 초등학교 6학년에 재도전해서 졸업은 간신히 했다.

마침 천주교재단인 데레사 여숭이 집 가까이 있었다. 용기를 내어 교무실에 찾아갔다. 떼를 쓰는 바람에 특별히 시험을 치고, 기특히 여겨 학교장 선생님의 재량으로 야간중학교에 다니도록 허락해 주셨다. 교복도 얻어 입게 되었다. 고모에게 말씀드렸더니 웬일인지 꾸중은 안하고 "어떤 학교에서 시험도 못 치른 너를 받아 주겠느냐고." 말도 안 된다는 표정을 하였다.

일주일에 한 번씩은 서울 남대문, 동대문 시장 상품을 도매로 사다가 부산국제시장에서 중간도매상을 하던 시절이었다. 그때는 새마을호 침대 밑을 돈으로 도배할 정도로 많은 돈이 있었던 때도 있었다. 뭐든지 사고 싶은 것은 바로 살 수 있을 만큼 현금을 많이 가지고 있었다. 그러다 사기를 당해 가게 운영을 못할 지경에 이르렀고, 돈이라곤 한 푼도 없었다. 그 시절 부산에서 '민 여사 모르면 간첩!'이라고 할 정도로 장사를 크게 하였고, 옷가게가 1, 2, 3호점 세 개를 운영하였다.

KBS 아침마당, MBC 방송국에 출연하여 대상을 받아 상품으로 29인치 TV를 받기도 하였다.

민 작가는 달변가다. 재담이 넘쳐나는 수필가다. 아직도 값진 추억의 TV를 보면, "인생도 보이고 추억도 보이며, 새로운 인생마당까지 보인다."고 한다.

민 작가의 노년의 행복은, 아침밥을 먹으면 '오늘은 노래 교실을 갈까? 동화구연을 갈까? 아니다! 풍물 장구를 치러 갈까?' 마음이 바쁘다. 수필도 차곡차곡 써야하고 스포츠마사지도 배워야 한다. 뜨거운 태양을 머리에 이고 애써 키운 들깨며 콩, 가지, 오이, 고추 농사를 짓는 것도 마냥 즐겁고 행복하다. 그런 마음이 바탕이 되니 흙 밭에서 구슬땀을 흘려도 그 땀방울까지도 보석 같은 존재가 된다는 멋진 민안자님의 수필은 그야말로 감칠맛이 넘쳐난다.

〈가재〉

인간은 살아가는 동안 자연으로부터 모든 것을 배우게 되고, 자연과 환경에 순응할 때 인간적인 인성과 품성이 길러지게 마련이다. 또한 사람은 생명의 의미를 터득하며 지혜를 넓혀갈 때 사람다운 사람의 심성心性으로 성장하게 된다. 민안자 수필가는 어릴 때부터 자연과 더불어 살아가는 동안 사물을 관찰하며 이에 대하여 깨우쳐져 일찍 의식의 눈을 뜨고 있음을 느낀다.

> 가재란 걸음걸이가 재미있다. 사람, 동물, 조류, 하물며, 지렁이, 굼벵이도 급한 경우가 생기면 앞으로 뛰어가기도 하고, 뛰지 못하는 미물은 앞으로 몸을 숨기는 것이 본능이다. 가재는 급하거나 위협을 느끼면 뒷걸음으로 날렵하게 물속에서 맞이 날개를 단것처럼 꼬리를 오그렸다가 펼쳤다 하면서 나르는 수준이다. 가재 꼬리가 지느러미 역할을 하는가 보다. 한나절이 훨씬 지났는데 가재 잡을 생각은 있고 녀석과 노는 재미에 푹 빠져 있었다. 내일 비가 오면 가재는 잡을 수 없다.
>
> – 〈가재〉 중에서

화자는 어린나이에 생물을 예찰할 줄 알고 있었다. 다른 동물이나 생물의 본능을 어찌 알았을까. 연체동물인 지렁이나 굼벵이도 몸을 숨긴다는 것까지 어떻게 알았을까. 가재의 뒷걸음치는 모습을 보지 않고는 알지를 못한다. 생명의 위험을 느낀 가재의 날렵한 모습을 마치 날개를 단것처럼 꼬리를 오므렸다 펼쳤다하며 달아나는 모습을 물고기의 지느러미에 비유하여 들려주고 있다. 어쩌면 뒷걸음치는 가재로부터 자신의 삶을 관주하고 있는지도 모르겠다.

옛 속담에 '가재는 게 편이다.'라는 말이 있듯이 게는 옆으로 쏜살같이 기어 달아나고, 가재는 뒷걸음질 치는 모습을 상응相應으로 연상케 하고 있다. 앞을 향함보다는 인생살이의 심리를 어릴 때부터 터득하고 있음이 아니겠는가. 어쩌면 애정의 결핍이 가져다주는 외로움을 은근히 느끼게 하고 있음이다.

가재를 잡을 생각은 하지 않고, 가재의 동작에 푹 빠져 있었다는 동심을 생동감 있게 그대로 잘 담아내 주었다.

한여름에는 아예 신발을 벗고 가재와 송사리랑 같이 놀다가 보면 가재의 모든 행동을 살펴볼 수 있었다. 친구들하고 노는 것보다도 재미있었다. 어느 날 개울가에 나갔는데 뒤꼬리에 수수보다 더 작은 가재 '알'이 대롱대롱 매달려 있었다. 유리처럼 선명하게 비춰는 알속에서 오글오글 움직이고 있다. 한여름 물가에서 녀석들과 함께 지냈는데 가재 뱃속이 만삭이 된 것을 본 적이 없었다. 언제 알을 낳았는지 꼬리에 달고 다닌다.

– 〈가재〉 중에서

맑은 냇물이 흐르는 개울가에서 자연과 동화되어 있는 모습이 그려진다. 송사리나 가재를 잡는 것이 아니라 함께 논다는 표현은 나약한 생명과 합일화合一化한 어린이다운 순수한 동심의 아름다움이 배어있다.

가재의 뒤꼬리에는 알이 대롱대롱 매달려 있고, 그 알은 유리처럼 선명하게 비취는 알속에는 새끼가 오글오글 움직이고 있다는 어릴 때 보았던 관찰을 생생히 들려주고 있다. 적어도 70여 년 전에 보았을 그때의 기억임에 가재 알이 유리처럼 선명하게 비춘다는 표현은 다소 맞지 않을 수도 있다는 의견이다. 아마도 투명하게 보였을 것 같다. 그때의 어린마음을 아직까지 그대로 기억 속에 담아가지고 있는 노년의 마음이 놀랍다.

사람으로 태어나서 동심이란 거짓이 없는 순수함이다. 동심은 인간으로써 가장 맑고 깨끗한 마음을 갖게 되는 본심이다. 동심을 잃게 되면 진심이 사라지고, 진심이 없어지면 진실한 인간성도 잃게 마련이다. 어린 시절의 순수한 체험을 그대로 품고 살아가는 사람은 인간 본질의 진실함이 있기에 늘 맑은 영혼으로 살아간다.

작가는 여름내 가재와 함께 놀았는데 만삭된 모습을 본 적이 없었고, 언제 알을 낳았는지 꼬리에 달고 다닌다는 생물학적 의문점을 던지고 있다. 가재가 알을 꼬리에 달고 다니는 모습을 독자들로 하여금 보고 싶게 만들고 있다. 사람의 태어난 모습은 어린애기이고, 사람으로 무엇인가를 알기를 시작되는 순수한 마음이 열리는 시초는 동심이다. 가재의 작품은 동심어린 모성애의 소중한 마음으로 생명의 아름다움을 느끼게 하고 있다.

〈쥐똥나무 울타리〉

울타리란 인생이 살아가는데 어떤 의미일까. 인간은 어느 때부터인가 외부로부터의 침입을 막는 울타리가 필요하게 되었을 때부터 울타리를 치게 되었을 것이다. 울타리가 되어 있으면 심리적으로 보호를 받게 되는 안심에서 스스로 위안을 느끼며 시작되었을 것으로 추측된다. 때로는 경계가 될 수 있는 것도 울타리다. 울타리의 의미는 경계와 침입을 막기 위함도 있으나 스스로 쌓는 마음의 울타리도 있다.

민안자 수필가는 어려서 어머니를 일찍 여의고, 그립고 외롭고 고독한 슬픔으로 살아왔다. 마음속에는 늘 행복한 가족의 울타리를 그리워하며 열한 살의 어린 나이에 60년대 부산의 낯설은 국제시장에서 잔뼈를 굵힌 삶이다.

화자는 어릴 적에 가족의 행복한 울타리를 모른 채 살아왔음이 글속에서 그 아픔을 느끼게 한다.

나의 지난 시절이 아련히 생각났다. 어머니가 일찍 세상을 떠나셔서 아버지는 어린 딸을 돌보지 못해 부산 고모 댁으로 보냈다. 나는 고모가 시키는 일은 무엇이든 다 해야 했다. 다른 아이들처럼 학교에서 열심히 공부할 나이인데, 어른들 틈에 끼어 밤 기차를 타고 서울 남대문, 동대문시장을 누비며 물건을 매입하고, 새벽 기차로 부산 도깨비 시장으로 돌아왔다. 사흘 도리로 반복되어 잠은 번번이 기차 안에서 자야 했다. 나는 어느새 장돌뱅이가 되어 가고 있었다.

(생략)

지금 내 인생은 어떤가. 가정을 이끌며 삼남매를 지키는 울타리다. 그동안 자식을 가르치며 부모의 가정교육으로 높은 담을 만들어 살아오지 않았나 싶다. 이제는 마음도 울타리를 낮추는 쥐똥나무처럼 살고싶다. 마음의 벽과 빗장을 허문 울타리가 되어 쥐똥나무 꽃처럼 향기로운 생각으로 살고 싶다. 그리고 남은 생은 나를 위한 목표를 향하여 쥐똥나무 꽃말처럼 '강인한 마음'으로 묵묵히 걸어가리라.

― 〈쥐똥나무 울타리〉 중에서

가족이라는 울타리는 서로 이끌어주고 보듬어 줄 수 있는 너그러운 마음으로 살아갈 수 있는 인생 삶의 버팀목이라는 생각을 하게 된다. 살다보면 인생에서도 희비喜悲의 연속으로 살아감에 가족의 울타리는 참으로 소중하다.

화자는 늘 아버지를 원망하며 주위와의 마음도 빗장을 굳게 닫아걸고, 고독의 담 안에서 젊은 날을 보내며 살아왔다. 이순을 넘어 이제 와서 인생살이를 깨닫고 쥐똥나무 생울타리로 바꾸고 싶다는 심정은 쥐똥나무 울타리처럼 낮은 자세로 누구나 넘나들 수 있고, 꽃의 향기로움으로 자신을 뒤돌아보게 하는 의미를 담아낸 수필이다.

수필은 자신을 성찰省察함이다. 스스로의 인성을 솔직하게 들려주며 이를 통하여 자연스럽고 아름다운 인생 생울타리로 인생효행의 교훈을 이끌어 내고 있다.

〈꽃 한 다발〉

민안자 수필가는 생일 때 남편으로부터 꽃 한 다발을 받고 싶은 그 심정을 들려준다. 감동의 마음을 '70을 넘긴 할머니가 꽃 팔백 송이 넘게 받아 본 사람이 어디 또 있을까?' 45년간을 무척 기다렸다가 얼결에 받게 된 기쁜 심정을 이렇게 자랑스럽게 다른 사람에게 들려준다.

40여 년을 살면서 매년 돌아오는 생일 때마다 한 번도 빠트리지 않고 남편에게 생일 선물로 장미 꽃 한 송이만 받고 싶다고 노래를 불렀다. 끊임없이 꽃다발 타령을 했다. 연년이 어김없이 꽃다발을 기다렸지만 항상 헛수고였다.

꽃 한 송이를 받고 싶어 하며 결혼 후 45년을 기다려왔다. 이제는 포기할 때도 되었다. 며칠 있으면 생일이 돌아온다. 생일을 며칠 앞두고 남편은 뜬금없이 "당신 아직도 꽃다발 받고 싶으시오?" 계면쩍게 묻는다. 대답 대신 빙긋 웃고 말았다. 저이가 이젠 마음이 변했나.

생일날 아침이다.

흐드러지게 핀 수국 다섯 송이를 꺾어 신문지로 돌돌 말아 가지고 왔다. 사발만큼 큰 수국의 연분홍색 곱기도 고왔다. 꽃송이가 하도 커서 한 아름이었다.

45년 만에 처음 받아본 꽃이었다. 처음 받아본 꽃인데, 그냥 화병에 꽂아둘 수는 없었다. 손자들과 둘러 앉아 큰 꽃송이 속에 들어있는 작은 꽃송이를 세어보았다. 큰 꽃 한 송이에 작은 꽃이 170여 개다. 꿈에라도 그리던 꽃을 다섯 송이나 받고 작은 꽃까지 합치면 850송이가 넘는다. 평생을 기다린 보람이 있다.

70을 넘긴 할머니가 꽃 팔백 송이 넘게 받아 본 사람이 어디 또 있을까?

〈산새의 모성〉

숲속을 지나가는데 갑자기 '푸드득' 소리가 났다. 예쁜 깃털에 아주 작은 산새다. 참 아름다웠다. 나의 발걸음 소리에 놀란 어미 새가 둥지에서 땅바닥으로 뛰어내린다. 어미 새는 날개를 펼쳐야 날 수 있을 텐데 날개를 반은 접고 뒤뚱거리며 걸어간다. 쩍쩍거리며 애달프게 운다. 남편은 작은 새둥지 안을 들여다보며 새끼가 다섯 마리 있다고 한다. 그때다. 어미 새는 아예 땅바닥에서 뒹굴고 있다. 새끼는 부화한 시 얼마 되지 않은 알몸이었다. 솜털도 하나 없는 새끼는 어미의 위험 신호를 알아들었는지 움직이지도 않고 죽은 듯이 가만히 숨죽이고 있다. 신기하면서도 마음이 애잔하다.

(생략)

불리한 조건에서도 해마다 종족을 번식시키기 위해 모든 노력을 다하는 모습이 가히 대견스럽다. 어미 새는 우리 일행을 뒤돌아보며 말은 못하지만, 새끼가 있는 둥지로 가지 말고 나를 잡으라고 손짓, 발짓 다 해가며 울부짖는다. 어미 새의 모성이 대단하다.

(생략)

어릴 때 모르고 저지른 살생이었지만 지금 생각해보면 어미 새들에게 해서는 안 되는 죄를 저질렀다. 이제는 멀리 바라다 보이는 나무줄기 가지에 새둥지가 있어도 조심스럽게 피해 다닌다. 빛바랜 추억들이 알알이 영글어가는 어릴 적이지만 마음속의 죄를 새들에게 용서 받고 싶다.

- 〈산새의 모성〉 중에서

생물의 모성애만큼 고귀하고 숭고한 일은 없다. 종족을 번식시키기 위한 생득적生得的 희생 행위는 거룩한 죽음에 까지도 이른다. 낳고 기르는 모성의 고통을 감내해야하는 생명의 진리는 아름답다. 조류도 작가는 이와 같은 하나의 생명이 태어내려는 처절한 고통을 어미의 새로부터 깨닫게 되면서 마구잡이로 둥지에서 새알을 꺼내 삶아먹었든 지난날 어린 시절의 잘못을 뉘우치고 있다.

인간이나 동물이나 모성애는 인류의 숭고한 사랑이며 생물학적으로 어쩌지도 못하는 본능임을 알아차렸다. 지구로부터 모든 생물의 탄생과 모성애로 하여 번식에 대한 갸륵한 정신은 생명을 보존하려는 극치의 희생적 본능은 더없이 애절하고 아름다움을 느끼었다. 민 작가는 모성의 그 의미를 알았기에 어릴 적에 저지른 용서를 받고 싶다는 마음이 감동으로 밀려오며 독자를 공감하게 하고 있다.

〈자귀나무 꽃〉

'신발 위에다 자귀나무 꽃을 한 움큼 던져주고, 아무런 말도 못하고 자귀나무 연분홍 꽃 한 다발을 던져주고 사라지던 사람. 그 길목에 그가 없는 날이면 마음이 허전하고 어디가 아픈지 걱정도 되었다.'는 민 작가의 첫사랑에 대한 그리움의 추억이다.

사람은 누구나 첫사랑에 대한 아련한 기억들이 있다. 지난날이 문득문득 떠오르는 감성의 그리운 시간들을 회상하면 가슴으로 짜릿하게 밀려오는 아련한 추억은 많은 세월이 지났어도 청춘으로 되돌려져 안타까움으로 밀려오기도 한다. 그 첫사랑이 아쉬움으로, 때로는 아픔으로 다가오기도 한다.

고희가 된 민 작가는 아직도 자귀나무 꽃을 보면, 첫사랑의 추억은 이렇게 가슴에 와 머문다.

소녀 시절 고향마을 둑길에도 자귀나무 두 그루가 우뚝 서 있었다. 꿈에도 잊을 수 없는 그 자귀나무, 지금은 어떤 모습일까? 혹시 긴 세월에 자취도 없이 베어져 버리지는 않았을까? 새하얀 명주 천에 분홍빛 깃털처럼, 새색시 같은 얼굴을 수줍게 내미는 자귀나무 꽃잎, 언제 봐도 예쁘고 사랑스러웠다. 초여름 밤이 깊어 갈 무렵, 야트막한 언덕길에 흐드러지게 피어 달빛마저 황홀하게 만들었던 그 자귀나무 꽃에 대한 기억은 아직도 한 장 사진처럼 생생하다.

자귀나무 꽃에는 내 첫사랑이 품겨 품고 있다. 상대는 옆집에 사는 고등학교 학생이었다. 검정교복에 모자는 손에 들고 다닐 때가 많았지만 늘 단정하였다. 아침밥 먹기가 바쁘게 국제시장에 출근했던 나는 평소 얌전하고 말이 없었던 그와 가까워질 기회가 그리 많지 않았다.

(생략)

첫사랑은 누구에게나 가슴 저리게 하는 아쉬움과 아련함을 간직하고 있다. 그 사람도 흐르는 세월 속에서 나만큼 자귀나무 꽃의 추억을 그리워하고 있을까? 지금에 와서 그때를 그리워하는 것은 어쩌면 바보 같은 일이다. 용기가 부족했던 나를 탓할 수밖에 없다. 하지만 지금, 그 아련한 추억이 있어서 낭만에 젖어볼 수도 있고 허전할 때 위안을 얻을 수 있다는 생각이 든다.

– 〈자귀나무 꽃〉 중에서

자귀나무 꽃의 향기만큼이나 은은하게 미려오는 분홍빛 꽃잎 같은 첫사랑의 애틋한 심정을 새하얀 명주 천에 일어나는 보푸라기에 비유함의 문장 표현은 수사적 의미화로 묘미를 안겨다 주고 있다. '분홍 비단치마를 물에 살짝 띄우듯이' 오늘도 살포시 자귀나무 꽃잎을 펼쳐보는 마음에는 첫사랑의 그리움이 녹아들어 있다.

첫사랑은 사람들 가슴마다에 잊을 수 없는 영원한 인생철학의 언어이다. 작가의 일생에서 가장 예민했던 감성의 시절을 애타게 동경하는 마음을 잘 묘사하여 표현해 내었다.

〈콩타작〉

산수傘壽가 가까운 민 작가는 참으로 부지런하다. 잠시도 몸을 쉬지 않고 일을 한다. 청주에서 보은까지 적어도 80리길을 버스를 두 번이나 갈아타고 산기슭의 밭에 가서 농사를 짓는다. 불치의 병을 끌어안고 살면서도 한쪽다리를 질질 끌며 밭일을 하는 억척스런 문인 농사꾼이다.

내가 해마다 손이 많이 가는 콩 농사를 짓는 이유가 있다. 콩을 키우다 보면 무언가에 정성을 쏟은 만큼의 결실이 온다는 교훈도 얻게 되지만, 콩이 주는 색다른 재미가 있다. 도리깨질에 이리 튀고 저리 튀면서도 무심한 듯 다시 모여앉아 나를 바라보는 콩알들은 귀여우면서도 발랄하다. 모나지 않고 동글동글한 모습에다 웃는 얼굴의 눈썹처럼 가느다란 눈을 갖고 있어서, 정겹고 예쁘다. 도리깨 매질을 당하고서도 태연하다. 모난 내 감정이 울분을 삭이지 못할 때도 콩알들은 탱글탱글한 웃음으로 즐겁게 살라고 깨우쳐준다. 서리를 맞아야 제 맛을 내는 서리태의 끈질기고 성실한 모습이 감동을 주고, 쥐의 눈을 닮았다는 쥐눈이콩은 그 이름만으로도 귀엽고 영특한 느낌을 준다.

타작이 끝나고 자루에 그득 담긴 콩을 바라보면 저절로 배가 부르다. 옛날 가난하던 시절이 떠오른다. 쌀이나 보리처럼 주식은 아니지만 밥에 섞어 먹거나 두부를 만들어 부족한 영양분을 채웠던 그 시절이 새삼스레 그립다. 남편이 콩깍지를 한 아름씩 안아다 나르면서, 초보 농사꾼이지만 근동에서는 다수확 농부라고 뿌듯해 한다. 콩을 심을 때 조금 깊게 씨앗을 심었기 때문에 콩이 실하고 많이 열리게 되었다고 은근히 자랑을 하며 다닌다.

- 〈콩타작〉 중에서

예로부터 사람이 살아가는데 가장 중요한 일은 씨를 뿌리고 어린 묘를 심고 가꾸어 수확기가 되면 열매와 뿌리를 거두어 먹고 살아감의 일이다. 이에 인생살이에는 농자천하지대본農者天下之大本이 가장 중요한 근본으로 인간의 삶은 인류가 형성된 이래로 변함이 없다.

화살이 정곡을 맞히지 못하면 과녁을 탓하지 말고, 자기 몸의 자세를 바로잡으라고 하였다.

인간은 살아가면서 어떤 잘못이나 불행에 닥치게 되면 남의 탓으로 돌리고 만다. 자신이 못사는 것도 다른 사람의 부지런 삶은 생각하지 않고, 부모에게 원망을 돌리거나 사회를 탓한다. 민작가는 어릴 때부터 가난을 딛고 일어선 굳건하게 살아가는 방법을 깨달아 자강불식自强不息의 정신으로 스스로 끊임없이 노력하여 강하게 살아왔다. 이렇게 힘들게 지은 농사를 후덕재물厚德載物의 덕행으로 쌓는 삶의 마음을 일궈내고 있다.

어떻게 사는 것이 의미 있는 삶일까. 어떻게 살아야 가치 있는 삶이 될까.

나이 먹었다고 한가로운 사람들처럼 할일을 제쳐두고 책상에 앉아 책을 읽는 것만으로는 부족하였다. 사람다운 마음으로 스스로 인성을 기르는 일을 그치지 않는다. 경박한 삶이 되지 않게 하기위해 끊임없이 노력하며 주경야독의 작가정신으로 살고 있는 민안자 수필가의 자연 순응의 삶을 어느 누구도 따를 수가 없다. 그의 재능 또한 뛰어남을 인정하여 손자들이 할머니의 별명을 민 천재閔天才로 부른다.

국제시장 똑순이

민안자 첫 수필집

초판 1쇄 인쇄 | 2019년 9월 03일
초판 1쇄 발행 | 2019년 9월 11일

지 은 이 | 민안자
펴 낸 이 | 노용제
펴 낸 곳 | 정은출판

출판등록 | 2004년 10월 27일
등록번호 | 제2-4053호
주   소 | 04558 서울시 중구 창경궁로 1길 29 (3층)
대표전화 | 02-2272-9280
팩   스 | 02-2277-1350
이 메 일 | rossjw@hanmail.net
ISBN 978-89-5824-397-7   (03810)

* 이 책은 충북문화재단의 지원을 일부 받아 발간되었습니다.